一路向北

台湾女生的北大私房笔记

主编/龙怡

华艺出版社
HUA YI PUBLISHING HOUSE

面对我们这些在台湾土生土长的孩子，他一遍一遍地叮咛，就是提醒我们不要忘记，他在对岸的每一步脚印，都是他自己的根，也是我们的。日后，我眼里的北京，时常都有爷爷的背影。

一旦坚实的信任感成型，也就同时走入北京人的圈内世界。从这里观察北京人，那些柔情，那些大气中的纯真，才有了渐渐显现的可能。

衔着根糖葫芦走在学校里，我已不如初来乍到时对一切如此生疏，这里丰富了我的生命，让我的灵魂因此丰腴，还好，我来到北京，还好，我不是只待在宿舍里。乘着地铁，下一站前往……

双方都以诚相待，打开心房敞开心胸，摒弃偏见地走入对方的世界，才能重拾尘封已久的情谊。

金蕙涵

三角之恋

外省第三代，出生在台北，原天秤座，但听说现在星座变成十三个，一时找不到自己的归属。本科就读于政治大学民族学系，大一时第一次到大陆，在云南做了短期的村寨调查，也是第一次吃到了炸青苔和炸竹虫。因为从小对考古的莫名执著，2006年考入北京大学考古文博学院。本性很宅，但是因为专业需要，还是跑了几次调查，2009年继续读博，逐渐感受到"兴趣养不起肚皮"的压力，反而想转行去卖珍珠奶茶。热衷于美式汉堡，也迷恋稻香村和东来顺，喜欢安静、喜欢在家、喜欢散步、喜欢动物，觉得身边有家人相伴是人生最大的幸福。

来到了异乡，我才重新理解了家。1949年后，绍兴的家乡菜不断在台湾的小眷村里翻炒着，但那滋味，我一直到了北京，才尝到了。

北京，思想起

我出生在台湾台北。小学的时候，学籍卡上总要填一栏"籍贯"，虽然那时的我从来没到过爷爷口中那个乌篷船漫行在交织小河的水乡，但幼年的我仍然知道在自己的籍贯后头，歪歪斜斜地填上浙江绍兴。对我而言，家乡像一块拼布，是偶尔在眷村里听到的绍兴民谣，是大圆桌上的宁波年糕和梅干菜，虽然经过奶奶台式的料理，或许早已变了味道。爷爷的老家、童谣和家乡菜就是我最初认识的大陆。

多年前爷爷在一次返乡中，顺便北上北京观光。他们带回来的照片中，有爷爷奶奶和爷爷的两个弟弟、弟妹一起在天安门广场前所拍。我很好奇大陆爷爷们的蓝布衫和奶奶们直而短的头发，因为

1981 年，我出生前的全家福，拍摄于台湾的眷村，这种照片往往是眷村人的共同记忆，很多家庭每年都会拍一张这样的照片

从我有记忆以来，包括翻开奶奶、外婆、妈妈年轻时候的照片，台湾的女人似乎都烫着短短圆圆的卷发，即使现在这样的发型已不再流行，八九十岁的奶奶和外婆都还是会定期上美容院打理她们的卷发。后来我才明白，卷发曾被视为小资产阶级的象征之一，因此直到改革开放后，大陆的女人才开始烫卷她们的头发。然而，有些习惯很难被改变，因此，奶奶们在海峡这边和那边对头发的打理，竟然变成一种时代的印记。那次北京归来后，爷爷总是要我们有机会去北京看一看，他说大雄宝殿是封起来的，不给游客参观；他说卢沟桥现在还是石板铺的，那里是抗日的起点，他年轻的时候也打过

日本人。这些话每次回爷爷奶奶家都会听一遍，还是孩子的时候偶尔会不耐烦，直到我自己也离开了家，才逐渐明白爷爷少小离乡的思念心情。面对我们这些在台湾土生土长的孩子，他一遍一遍地叮咛，就是提醒我们不要忘记，他在对岸的每一步脚印，都是他自己的根，也是我们的。日后，我眼里的北京，时常都有爷爷的背影。

背起书包上学去

我一直觉得北京只是一个很遥远的故事，直到几年前我决定到北京念硕士，一种北平的历史感才逐渐真实。听说大陆的研究所重

北京四季变化明显，对于来自亚热带的台湾学生来说十分新鲜，感谢热心的室友，总是在季节变化最美的时候拉着我们出去拍些照片，这是在北大图书馆旁的银杏树下

视师徒制，入学即需拜师，与台湾修完课程后才决定指导老师的制度不同。因此，为了提早拜访未来的导师，我在 2006 年初第一次降落在隆冬里的首都机场。出租车停在耳熟能详的北大西门口，华表矗立，喜鹊头上过，未名滑冰，一塔湖图，仿古建筑中，萧瑟寻一翁。拜读过不少齐老的学术大作，修书一封，齐老热情欢迎，谈了未来的研究方向，开了考试书单，激励我努力冲过港澳台考研分数线。第一次到北京，不提见齐老的紧张，只觉得北京的色调很灰、空气很冻、学校水房外头的一个个热水瓶很新奇、涮羊肉加麻酱很新鲜。

七月中旬，我收到了令人震惊的录取通知书，因为北大从 2006 年开始取消港澳台生住在一个月 900RMB、楼道里有隔间浴室和热水的勺园"特权"，转而与同院系的大陆同学一起分配房价一年 750RMB 或 1020RMB 的宿舍。顿时，满脑子浮现的是没有门或没有锁的一条沟卫生间、天体公共澡堂和满满的不安全感。虽然出发前，台湾的学长姊一再叮咛"北大附近就有家乐福，所有在台湾习惯的生活用品都可以买到"，但是没有眼见为凭一切皆枉然，除了备齐一学期所需的日常保养品和卫生巾，阿娘因为各种担心，连厚厚的羽绒被都硬挤进两口箱子里。日后，左右寝室姊妹口耳相传地跑来参观，直说盖这么厚的被子即使在哈尔滨都能安然过冬了。事后听北大国际合作部协助港澳台新生报到的大陆同学说，台湾来的妈妈和儿子听说北京也有家乐福时，几乎是相拥而泣了，一伙工作人员只能面面相觑地说："是啊，而且离学校只有几站地的家乐福还号称亚洲旗舰店呢。"

新生报到后，拉着行李到我的 45 号楼，陪同的本地师姐叹口气说："你这儿估计是学校里最烂的楼了。"于是，我不仅住进了八十年代的建筑，或许因为读了一个该吃苦耐劳的系，还被分配到顶楼。楼道被漆成浅浅的绿色和灰色，很干净，已经有零星的衣服晾在楼道里。寝室四人一间，双层床，四个书桌，一个小阳台。在那里，第一次见到与我同屋的三个女孩，LY、GT、GK。我不太记得那个相遇的瞬间，只知道自己匆匆地跑去水房检查厕所。一片绿色的门板和上头的拉锁让我放下从收到入学通知书后两个月中心里最大的石头，我当下对自己说，还好厕所有门有锁，只要再解决洗澡问题，这里的生活没有什么能再难倒我。

北大校内的公共澡堂据说没有隔间，我刚搬进宿舍就碰到例假，完全无法想象这样要怎么在公共澡堂洗澡。LY 说澡堂的地面有点斜，所以污水会流到小沟里，我非常惊讶，如果在上游洗澡的人碰到例假，污水不就会被慢慢冲到下游，被所有洗澡的人看到吗？LY 哈哈地说："你不看不就得了。"LY 还安抚我说，很多南方来的同学一开始也不习惯公共澡堂，但是久了就没事了，反正澡堂里尽是蒸汽，谁也看不清谁，就算是从更衣间脱光走到澡堂里，也是人人看我、我看人人，都不吃亏的。然而回想起来，洗关门澡是我在北京多年来最无法融入本地生活的软性坚持，在打听到港澳台学生可以办洗澡证进留学生公寓洗澡后，便不厌其烦地骚扰港澳台办公室的老师。LY 总是大叹我错过了多少欣赏美女出浴的机会，还嚷着毕业前一定要拉我进一次澡堂，绝对不能容许有我在宿舍瞄到她换衣服，她却没机会在澡堂看我洗澡这档亏本事儿。有一次，大家说到看见隔壁屋的香港姊姊和室友们在澡堂里互相刷背，见我瞪大了眼睛，乐得说："看把你吓的！"

刚开学的时候，看到学校一张万丈高楼平地起、校方学生一条心的"将热水引进宿舍！"公告，心里觉得莫名其妙。在台湾的大学里，宿舍与热水似乎不是两个不同世界的概念。台北某大学在几年前，因为晚上十一点停止供应宿舍浴室的热水，甚至引发学生和学校间的抗争。我想起了蔡依林刚出道时参演的一个速溶汤包的广告，只见她穿着睡衣，走向门外的饮水机，泡好一小杯暖暖的浓汤，最后镜头停在她甜甜的笑容上。但在大部分的北大宿舍里，不只是洗澡热水，饮用热水也不单纯只是穿个脱鞋走到走廊，按下饮水机就有热水喝这么简单。我学着室友们买了两个暖水壶，总觉得好像是样版画中走出来的历史文物，我第一次到北京时还好奇地在水房前面给各种暖水壶拍照，却从没想过它们在我北京的校园生活中是如此的不可缺少。学校的锅炉式开水房营业至晚上十点四十五，我们总是等到快关门的最后一刻，登高一呼，浩浩荡荡地打水去，以保证第二天早上有最热的水可以用。暖壶里的水大概能保温两天，无力每天在六楼宿舍和水房间爬上爬下的我们得善用温度渐降的热水，极品热度保留给泡面和茶叶，LY还曾经用这个温度泡着银耳，成功闷出一锅不用电的美味银耳莲子红枣润肺梨汤。稍微变温的热水，冲麦片、奶茶和咖啡都好用，暖壶最后的余温，可以在晚上泡泡脚或洗洗脸。总会有人在某天忙到来不及打水，但屋里的其他三个人一定大方地递上自己壶里或多或少的热水以解燃眉。如果我的生命中不曾缺过热水，也许我永远无法想象热水的珍贵和受人热水点滴在心头的感动滋味。

到北京之前，我的作息仿效猫头鹰，然而，北京的宿舍停电制度，彻底根治了我多年爱熬夜的瘾头。过了开学第一周的蜜月期，楼长在晚上十二点准时"啪"的一声拉下电源，正式进入戒夜猫毒的阵痛。除了楼长断电的雷厉风行，室友们的规律生活也热热闹闹地敲着边鼓。往往不到该熄灯的十二点，左右宿舍都还忙进忙出打水洗脸，我们屋却早已自助熄灯，个个躺平，因为怕打扰室友休息，也只得拈了应急灯，钻进布帘子里瞪大眼睛。隔天六七点，室友们个个蹑手蹑脚地起床，湖边念英文的念英文、赶图书馆的赶图书馆、上早市的上早市，看我还在睡，一开始还在帘子外担心地讨论，以为我是病了，后来发现是在台湾昼夜颠倒的生活习惯所致，便一同声如洪钟地把我叫醒。几个月后，猫头鹰症候群逐渐矫治过来，现在，欲熬夜而不可得也。针对个人的健康而言，这不愧是学校的德政与诸位室友的功劳所致。台湾部分大学曾经倡议过宿舍夜间断电，以防止学生整晚熬夜导致隔天昏睡跷课，却遭到家长和学生的强烈反对而作罢，学生义正词严地抗议校方无权干涉他们的夜间生活，家长则是担心断电后电扇或空调无法正常运行而热坏了孩子。这让我想起某年五月份的北京特别闷热，小电扇、麻将凉席瞬间出笼，棒冰、冻西瓜倾巢大卖，停电制度往往让人半夜热醒许多回，浑身大汗。我们曾想办法提早就寝，先吹一小时电扇让自己睡着，却仍不敌顶楼累积的日间热气，连连热醒。就这样过了一个礼拜，突然看到楼长室贴出了一张"关怀姑娘们健康"的公告："由于近日天气炎热，为保障同学的身体健康，即日起实行晚上不停电制度，什么时候恢复停电制度，另行通知。"同学一时奔走相告，高呼领导德政。在北大，印象中只有家长殷殷切切地护送家里的小太阳赴京读书，却少见家长在公共领域对抗学校铁腕的政策。

北大的同学和老师中，LY 很迷台湾早期的民谣，缠着我帮她找齐豫的《橄榄树》；中文系的 HX 研究台湾文学，是个博学的文艺小青年；GT 则是被"放羊的星星"逗得乐不可支，重返儿时迷恋小旋风林志颖的旧梦，一直问我台湾高中生是不是都像偶像剧里的一样穿漂亮的水手服；博物馆专业的 GK 接待了台南艺术大学博物馆系的参访团后，咯咯笑着说"听他们说话真熟悉"，因为我在寝室每天都这么说话的。楼长喜欢搜集台湾邮票；中国古代史中心图书馆的 M 老师，会冷不防地从书架间冒出来一句"老家淹水啦！知道吧?!"我们就这样一起上学、一起打水、一起听讲座、一起疯团购、一起上早市找当季水果、一起到动物园服装市场淘便宜衣服。永远记得 LY 强悍的砍价功力，面不改色；GT 一贯的居家温柔，只有在和男朋友吵架时才爆发出北方女子的本色；GK 是最典型的北大孩子，早睡早起图书馆报到。我们就这样从秋天一直到夏天。她们在我坐夜车的时候发简讯陪我，在我远行的时候扛行李送我，陪我过生日、聊心事。

因为可爱的室友们，我在北京的生活渐入佳境。只是在台湾念本科的时候仍然住在家里，所以这是第一次试着习惯自己的空间被没收。我学着室友们在床的周围围上一圈布帘子，需要自己一个人安静的时候，就可以静静地在里头窝着。来北京以前，以为普通话说得通的地方就能畅行无阻，来了之后才发现，卖煎饼果子的小贩、D车师傅的口音怎么都那样难懂，京片子不是相声或电视剧里头的字正腔圆，反而更像英文口语中又快又黏糊的多字连读。我想起爷爷奶奶早期探亲的年代，台胞常被戏称为出高价买便宜货的呆胞，现在的台湾人虽然不见得比较有钱，但在面对各地口音中既陌生又熟悉的普通话时，仍怕自己瞬间的一愣被当作呆胞的铁证。初来乍到时，室友时常提醒我在外小心包、不要晚上出门、不要跟陌生人说话，被听出台湾口音可能会受骗。受到过度惊吓的我，出了校门就成了哑巴。但在第一个星期，她们仍不得已请我顺道从电子城带一条网线回来，在发现我虽然砍不了价但也没被提价骗售之后，大家一致认为我通过了出门能开口说话的考验。后来，我耳濡目染地练就了半生不熟的口音，在买水果问价、买包

毕业了！舍不得的除了室友，还有这栋住了三年的45号楼

包砍价的时候，有这层保护伞为自己壮壮胆。也是因为第一次离家这么远，在学习习惯北京的第一个秋天，饭卡有时一个月才刷十块钱，北京的牛奶口味众多，那时的我告诉自己，每天尝试一种新的味道，很快就会熬到回家的那一天。食堂里有台湾口味的窗口，第一次发现时觉得自己又离家近了一点，这里卤肉饭和台湾烤肠的味道与正宗背道而驰，但一口口咀嚼时，尝出的竟是眷村家里宁波年糕和梅干菜的别样滋味。就像每次去家乐福总会去台湾食品区看看那些罐头、泡面和奶茶一样，我从不曾买下它们，因为发现乡愁不是一种滋味，而是想抓住的一些熟悉感，好让自己不会变成没有根的浮萍，在陌生的水波间漂来漂去。

北京的海海人生

曾经在 BBS 上看到一篇生活杂文，说到在北大畅春园宿舍外看到上海男与北京大叔的口角，但两人磨磨唧唧地争完后便没下文了。一人回帖说："要换成是一个西北的、一个东北的，大概就要出人命了吧！"北京吸引了五湖四海的人们，却不是一个熔炉，城中心的老北京有着自己的骄傲，但是来自各个地方的个性却也热热闹闹地争着发芽。也许是因为台湾不大，感受了北京之后，我才开始回想，对畅春园宿舍外那段插曲的评语，大概很难产生在来自台湾的人身上。我们一般不会用地域性的刻板印象去解释两个人之间的矛盾，"台北人和台南人在一起就是容易吵起来"通常不会是问

题的症结，最后的结论往往还是个人的素质问题。而在我记录这些
文字的同时，也努力回想自己似乎曾经听过台北人比较骄傲、台中
人比较爱面子、台南人比较重礼俗的说法，但是夹在台北和台中的
新竹人或苗栗人有什么样的区域个性，却怎么也想不出来。

　　当然，北京的有趣和活力或许来自这种五花八门的文化和个性。
在我惊讶于不少北方同学不知道菱角为何物的同时，自己也是第一
次怯怯地品尝新疆来的大红马肠；在无法将四川麻辣兔头和宠物店
里跳过来轻轻蹭你、无辜看你的小白兔分开联想之际，也慢慢恋上
了西北地区让人无法自拔的羊肉泡馍和非常好用的海娜染发剂。北
京有一种炸得活蹦乱跳的新，在转角的驻京办里就隐藏着从未尝过
的菜系；台湾则逐渐走向融合过后的精，感动人的不只是料理，更
是取材和待客的用心。台湾的小吃很出名，老店里传承的往往都是
平凡中的炉火纯青，一碗很简单的甜品中，花生、红豆、绿豆、芋
头、地瓜、砂糖必须分别来自最好的产区，店老板甚至会要求原料
产于当季当令，各种食材的熬煮时间更要分别依照当天的温度湿度
决定。正是这种"想给客人最好的"用心，成就了一碗最简单的甜
品，但你不管飞到世界各地，都忘不了汤勺中最后一口的丝丝甜蜜。

　　而另一些令人难忘的台湾小吃，是因为故事和回忆。除了连战
和五月天，还有一个人，与台北的师大附中齐名。不是维护这所高
中校风自由的任何一位校长，也不是哪个学生会主席，而是在后门
卖了38年蛋饼的蛋饼伯。那铁栅栏外的身影，是某几辈附中人共
同熟悉的记忆。蛋饼这种小吃，类似不加馃子的煎饼，蛋浆倒在烫

滋滋的铁板上，半熟的时候盖上一张薄薄的饼，翻面儿加些火腿、起司、玉米或鲔鱼，卷起来，切成小段，淋上酱油，是很大街小巷的台式早点，一份约 25NT（新台币）。饼伯在空军退伍后练就的面点手艺，成就了与众不同的蛋饼，那六七道工续，和出已经越来越模糊的味觉记忆。清晨的附中后门，饼伯的小摊，堆着一卷一卷和好的萝卜丝面团，半锅的油滋滋作响，捏破一个蛋，看着蛋白边缘挣扎地冒着泡，饼伯把手掌般大小的面团压扁一

饼伯的蛋饼作法和台湾常见的早餐蛋饼不同，早餐店里往往还有其他不同的选择，但是饼伯始终如一地守护他那锅又厚又香又实惠的蛋饼

点点，却还是有五公分的厚度，盖在蛋上，反复照顾着锅里先来后到的饼，煎成金黄色，或许会带一点焦。起锅的饼，热热地涂上粉红色的自制甜酱，熟练地卷在空白那面的考卷纸里头，有一点油腻，但每一口咬下的厚实，都充满了萝卜丝和蛋的香气。下午的扫地时间，饼伯的蛋饼炙手可热，好运的话，可以隔着后门的栏杆接过温暖的饼，但大部分的时候，早被社团几十个几十个地订光。单身的饼伯，把附中学生当成自己的孩子，我念中学的年代，大约是

这是附中校刊中模糊的旧照片，饼伯的摊位后面还可以隐约看见早期的红色铁门，但在我入学后，已经改成银色的栏杆铁门，所以可以从栏杆缝隙中接过饼伯的蛋饼

1996 年，一个饼，只要 10NT，物价飞涨，不改其志，直到六年后我弟弟进了附中，才调到 15NT。

饼伯常一边煎饼一边告诉学生，能进这样好的学校，要好好念书，将来有出息，就不会像他一样只能卖蛋饼，所以，逃课出来买饼的学生，还会被饼伯厉声轰回去。毕业后，偶尔经过，看着饼伯在栏杆斑驳的后门边忙着，那个画面，有温度，有香气，有回忆。几年后，附中换了新的铁门，少了栏杆的空隙，那互动竟有些冰冷。慢慢的，不是每次经过，都看得到饼伯了，据说，和台北市扫荡流动摊贩的政策有关，而饼伯的宿舍，也即将被银行征收，虽然，附中的学生进行了请愿，但并不是什么事情都能这样简单被改变。某年的校庆，附中特别办了"恋恋蛋饼伯"活动，饼伯再度现身，全校为之疯狂，卖出上千个蛋饼，那也是附中蛋饼文化的最后一次复兴。出其不意的，五年前六月的消息，蛋饼伯在南部友人家里，因中风休克过世，没人知道，他倒在那儿多久了。饼伯的身世如同台湾千千万万渡台老兵的缩影，少小离家、只身来台、终身未婚、孤独老去。附中学生组团参加了蛋饼伯的公祭，架设留言网站，征求关于蛋饼伯的旧照片和小故事……

　　看着北京的万丈高楼平地起，就不得不对民工朋友致敬，而他们也是北京和台湾非常不同的一景。报刊杂志时常提供各种数据，让我等市井小民也大略知道两岸都存在不小的城乡差距。只是台湾近十年来的劳动力主要来自于泰国、印度尼西亚等地，加上都市发展的逐渐饱和，在像台北这样的大城市里，似乎就只存在办公楼里庸庸碌碌的白领，一直到了北京，我才看见了社会另一个不同的群体。不得不承认，一开始经过民工朋友身边仍会有一丝恐惧，主要是因为对新环境的不熟悉，因为听过太多太多的故事，也因为很少在其他大城市中看到大量这样的群体。一次连放三天的假期，我打算从北京到泰山，但是动车车票售罄，只得改坐特快。那班过夜车上大多是回家过节的民工朋友，座位爆满之外，过道间也站满了人，大大小小的编织袋窸窸窣窣地磨来磨去，耳边嗡嗡地充斥着我不熟悉的各种乡音。我的座位紧邻过道，我记得自己紧紧地抱着包包，时不时地被夜间推来的小卖车惊醒，刻意和坐我隔壁的民工大叔保持一点距离，然后不安地翻来覆去。突然，旁边的大叔拍了拍我的手臂，记得当时的自己差点吓得像箭一样飞出去，大叔说："我和你换个座儿吧，你好睡。"当下除了感激，还有深深的反省，不管经过多少年人类学的训练，我还是忽略了任何人在不同的外表下都可能有一颗柔软的心。终于，在那晚开往泰山的火车上，我靠着车窗沉沉地睡去。往后在北京，偶尔经过建筑工地，有时会停下来看着临时搭建的民工宿舍区。很薄很薄的板壁，门口挂着厚厚的棉被，在寒冬里可能也没有暖气。有时候，在小饭馆里，看着年轻的女服务员，猜想她们可能差不多是我念中学时的年纪。这些现象我在台湾不曾看过，也不曾想过，所以以前的我一直以为世界很单一。正是因为和民工朋友共同居住在北京这个大城市里，给了我观察他们和思考自己的机遇，也让我认真地开始佩服他们从农村一路到城市的韧性。如果我不是在人生的起点比较幸运，我还能不能像现在一样不食人间烟火般地无忧无虑，有时候甚至开始怀疑，学术象牙塔里的无病呻吟，到底有没有比一钉一锄自立更生地贡献社会有意义？现在人人印象中的北京，除了矗立的大红城墙，大概就是奢侈品牌的来来去去，或是打通城镇间的快捷交通，而我感谢那位去往泰山车上的大叔，他的友善让我放下戒心，用不一样的眼光重新感受北京教我的另一种人生课题。

到了研究生的最后一年，除了写论文，大家都面临着告别学生生涯的压力。我和LY都准备在毕业后结婚，由于两岸婚俗的不同，我大约在结婚前一年半就开始忙于筹措各类琐事，让室友们直呼不可思议。不同于大陆的直接领证，台湾一直到几年前才修改了以公开宴客为确定婚姻关系的法令，转而以公证登记为准。早期的法令反映了传统的社会习俗，一般是在宴席上由男女双方所请的证婚人及众亲友见证，在文具店就能买到的结婚证书上盖上双方及主婚人、证婚人的印章，不需经过政府机构便能确定夫妻关系。这样的关系取决于人与人之间的互信，但随着骗婚、重婚的案件不断产生，到法院公证或是户政事务所登记才是有效的婚姻关系成为新的规定。后来有些北京的同学嚷着想看台湾的结婚证，但是台湾的做法是在夫妻双方的身份证上各自注记配偶栏内的名字，并没有特别发放一本红红的结婚证。即使面对法令的改变，对大部分的台湾人来说，传统典礼和公开宴客仍然是最正式的婚礼，除了想一切从简的年轻人外，对长辈来说，公证或登记多少有点私订终身的意味，因此大部分的新人仍是在宴客之后，才到户政事务所补办结婚登记。

我记得临近毕业的五六月，LY 和 HS 都确定能留校工作，为了申请夫妻宿舍，急急地在申请截止日前领了证。那天下午 LY 换上白衬衫，画了淡淡的妆，而我在楼下碰到正在等她的 HS，他也穿着白衬衫、浅色的卡奇色长裤，笑得好阳光。LY 的妈妈还请人看了吉时，从四川不断打来长途电话，要小两口一定得在某时某刻把证给领了。由于还没毕业，LY 的新婚之夜还是乖乖地回到宿舍和我们共享，问她领了证有什么想法，她歪着脑袋说，好像没什么差别。在北京认识了一些朋友，才知道由于大陆地域广阔，北京又汇集了来自不同地区的过客，小两口可能来自一南一北，而宴席也往往在各自的家乡各办一场，所以许多双方的父母是从未谋面的，这对台湾人来说还是有些难以想象。

而这些身边的故事让我想起了人类学的一些调查，许多仪式的目的是透过外在的方式让人去适应并接受新的社会角色。台湾婚礼的基本程序就有四个阶段：男方父母亲自带着媒人前来女方家提亲，在女方家新人双方交换戒指、新娘奉上改口茶的订婚，将新娘迎娶回男方家祭拜祖先吃汤圆的结婚以及婚后新娘回娘家的归宁。每个阶段需要准备的礼品、帮忙的人数、既定的程序都有规定和禁忌，常让新人和双方家庭忙得不可开交，却也从中逐步学习适应婚后的角色以及如何与自己新的家庭成员相互包容及磨合。

我的婆婆在我们结婚前一年，就亲手栽种了甘蔗，结婚当天砍下来挂在迎娶的礼车后面，象征婚姻像倒吃甘蔗，越来越甜，婆婆的用心现在想起来仍十分令人感动，无形间在婚前就拉近了一向就尴尬的婆媳关系。我的婚宴主要在台湾举行，所以只能带回订婚喜饼跟北京的同学分享。

台湾的订婚喜饼也是婚礼的重头戏，是聘礼中不可缺少的，更是令女方众亲友引颈期盼的大礼。喜饼在台湾已流行数百年有余，一般是订婚之后，男方按照女方要求的数量订做传统大饼作为喜饼让女方分送亲友，以示"有女长成、许配于人"之意。传统大饼类似大型的月饼，但有的饼皮较薄，类似老婆饼，口味咸甜都有，最为台式的口味莫过于绿豆馅中掺一点点肉臊的香气。由于喜饼在婚礼中不可或缺的地位，即便在物资缺乏的早期台湾社会，喜饼也是市井小民偶尔能尝到的享受，而大户人家嫁女儿时发出的上千个喜饼，不但代表女方的面子，也证明了男方的诚意。

时过境迁，众多喜饼品牌也推陈出新，我选中台北一百五十年历史老店的黄金喜饼，香槟色的礼盒里头分成三层，一层是西式饼干、一层是日式点心、最后一层则是改良后的传统大饼，以满足不同年龄的亲友对喜饼的喜好与期待。当时扛着两大盒喜饼回到北京，一盒呈给导师，一盒则在宿舍请姊妹们分食。由于台湾喜饼市场竞争激烈，即使是最常见的西式饼干也被磨炼得异常精细，同学无不大呼过瘾，直叫我把这家台湾老店代理到北京，顺便把喜饼的概念也传递给北京的民众，肯定很有生意。原本担心来自不同省份的同学吃不惯绿豆沙馅里掺了肉臊和 QQ 糯米团子的改良式大饼，想不到也被一扫而空，大受欢迎，连漂亮的金色包装盒都跟我要了回去，现在想来，仍觉得十分有趣。

找工作也是即将告别学生时代的另一种压力，尤其在三年内要修完学分、外出实习、写完论文、找到工作，不能不说十分吃紧。记得刚入学时，导师耳提面命，我本科念的不是考古，所以要有延期毕业的心理准备。当时并不以为意，因为在台湾，三年研究生念到四年、五年、六年的乃兵家之常事，由于在台湾读研多是自费，但是公立学校的学费一般家庭仍负担得起，或是通过学生自己半工半读，可以慢慢完成学业，因此很多台湾的朋友都在课程修完之后，一边工作一边读研。没想到北京的同学听了都大吃一惊，直嚷着让我跟导师争取争取，或是自己多多努力，三年毕业肯定行。有了身边同侪的压力，便时时鞭策自己，绝对不可以落单延期。我觉得自己比较幸运，因为早就决定继续读博，所以在三年级的时候，仍然可以不食铜臭地专心学术，看着身边的同学焦头烂额地忙着网上申报和准备公务员考试，偶尔榨出的空闲又得奔向图书馆补上落后的论文进度，心疼之下也不得不佩服他们的积极。和北京相比，在台湾读研延期看似不是压力，但相对来说，台湾对硕士生的要求比较严格，资格考试、开题、答辩每一关都可能被教授们全盘推翻，只能收起泪水重新努力，也许是在这种教育氛围下，研究生生活像是跑障碍百米，论文得一遍遍地重来，早就身心俱疲，工作的事情只能最后再考虑。北京的室友们好不容易熬到了三年级的下学期，接踵而来的面试、看似到手又飞走的 offer，在 2009 年就业形势极为恶劣的那一年，一次次的不如意，悬着小小宿舍里每一个人的心。

旅行，非旅行

我从没想过我会有一个这么热爱爬山的导师，他很少用不能毕业恐吓我，但是喜欢提议爬些能把人走劈了的地儿，挫挫我想继续跟他读博的愚勇。刚入学的九月，战战兢兢地等着被导师召见，等了几天，只得到消息说，穿上长一点的裤子和耐磨的鞋子一早在地铁站集合。两台车一起往京郊开去，齐老一路念叨着：这可是入学考试啊，考不上回去就换导师去！"老师"这个称谓在我小时候就是一种不可挑战的权威，从小就很少怀疑老师的话，听了齐老的命令，一路战战兢兢地不知道会被载去哪里。突然车一停，齐老手一指：就往这儿爬。抬头一看是横亘在鞍部的一段野长城，但是从停车点到那段野长城之间也是一山的荒野，一条人踩出来的道儿都没有。我在台湾偶尔也爬爬山，但完全不是这个档次，一股被导师踢回台湾的压力从背后袭来，也只能硬着头皮跟在师兄师姐后面，手脚并用地拨开野草往上爬。路上碰到一小溪，本来还窃喜着估计可以回头了，齐老又一指：脱鞋子过吧！大家拎着鞋袜，手搭着手越过小溪，忘记中间是谁还滑了一跤，上岸后大家正狼狈地重新穿上

京郊野长城。爬山时，齐老的名言之一是"有趣的地方，总要带点危险"，当然，他会带我们去的地方对他而言，都是小儿科

鞋子，却发现齐老不知什么时候早爬上一块大石头，乐得偷偷帮大家拍照。上了长城仍然得在野草间找路，齐老边爬边说："跌下去没事儿，顶多残啦，躺三个月就好了！"当时心里苦哈哈地想着，早知道在台湾就多买几份平安保险。师姐们大概是跟老师爬习惯了，一路还跟老师一搭一唱地互相损着，我只顾专心爬山，深怕草丛间忽然窜出个蛇或鼠什么的，要是被这些东西吓着翻下山沟就太土了。突然齐老又一指：你那个裤子怎么这么短呢?! 我低头一看，大家都穿着牛仔裤，只有我穿了一条九分裤，露出一小截不断被野草刮伤的小腿，我无奈地说："这个是我最长的裤子了啊。"九月

2006 年 9 月，齐老带着同门赴京郊的野长城，当作入学迎新兼锻炼，齐老边爬边嗔："爬不上去我就不收啦！"

的台湾还是十分炎热的，不时还有台风扫过，即使早就知道北京的严寒，许多衣服还是锁在宿舍大箱子里没拿出来，况且任我怎么想也想不到，第一次跟导师爬山居然就被下了这种狠药。齐老似乎被我的九分裤打败，但仍不改其志地继续往上爬。到了一处空地，大家坐下来午餐，只见齐老拿出一小瓶二锅头，一大条红肠，用小刀一段一段切着，就着酒吃了起来，一边说着在研究室里接见研究生，那是多俗的事情啊。在台湾不管有多少标榜正宗的东北酸菜火锅，但都不曾面对面地看着北方人这样豪爽的吃法，让人不禁想一个箭步凑上前喊一声壮士英雄。喝完酒吹着点风，齐老估计也是微醺了，爬到一处断掉的长城边，硬是要往下爬，我心里想着，在这儿跌下去，是真的要残了。大师姐对这种情况估计是司空见惯了，气定神闲地指挥了另外两个师姐舍命陪君子去了。我们则另觅出路，好多地方根本就没有路，很多看起来爬不过去的地方，师姐自己踩稳了让我踩着她的脚印一步一步地爬了出去，但是很神奇的是，最后还莫名其妙地跟老师们在某个山坳里碰头了。这一段爬野长城的经验，如果硬是要跟在逆境中学习之类的心境联系在一起，则老套了，但是日后当我买到"我登上了长城"的T恤，也爬上了八达岭，总觉得那些石子少了点真实，虽然我不曾考证那段野长城的年代，当时因为爬得汗流浃背、心惊胆战也无意感受，但是回忆起来仍有很深的历史感，或许就是因为那些不曾改变过的存在，所有崎岖的路最后成就的是一种很野的景致，那是站在八达岭上看不到的。后来又跟台湾同学们一起去爬了平谷的一处长城，大家气喘吁吁地看着我自己一个人爬得老快，以为我是深藏不露的爬山高手，殊不知经过了齐老的特训，铺好路的长城就只是一片蛋糕而已啊。

亚热带的台湾好像只有两个季节，北京的四季则有不同的颜色。我一直很喜欢秋天的黄色，冬天在屋里吹着暖气看着外头的白雪，也是台湾没有的享受。四月的某一天，突然又接到了征召令，老师说西湖林的冰瀑大概还没融冰，值得一行。这次学了乖，主动问师兄老师有没有什么穿衣指示，师兄说应该还行，正常的运动鞋就可以了。大家凌晨又起了个大早，冒着雨和老师在苹果园地铁站会合，之后又哐当哐当地坐着巴士往西湖林晃去。山路上的雪大致是融了，一路上又以为逃过了困难的挑战，没想到齐老往小路一转，熟门熟路地找到一块石头，手一指，大家就只得往下爬，最后一个个落在河道上。在台湾估计是见不到这样的景致，合欢山下一点雪，大家就挤着上山，把唯一下的一点点雪也挤化了，而眼前的河流蜿蜒成一抹冰道，周围的温度比山路上低了许多，趣味和凉风瞬间驱赶了早起的睡意，弯下腰来看，树枝都被结实地冻在河床下头。在冰道上一路往上游走，不断滑倒，但都在最后一刻稳住，继续若无其事地四处拍照。在沁凉的低温中走了许久，终于见到冰道的尽头高耸着一道冰墙，就像是瀑布落下的瞬间冻成了一束束的冰柱，齐老乐得说："快快快，帮你拍一张，给你爸妈看看，他们肯定说我虐待你，要赶快把你接回家。"我们一个个爬进冰柱后面的洞里，像待在一个冰窖的中心，可能是光或深度导致，冰层里露出

2008 年 4 月，趁着西湖林的冰瀑尚未融化，齐老登高一呼便往苹果园地铁站奔去。我没弄清冰瀑的定义，只穿了一双鞋子几乎被磨平的运动鞋，在结冰的河川上狠狠地跌了几次。齐老直说："让你爸妈看到，肯定马上把你拎回台湾。"

浅浅的绿光。正在幻想着如果瀑布突然融化我们就会全部被冲走的傻事，脚下一滑狠狠地摔在冰上，还撞着了脑袋，齐老吓得赶紧把我拎起来，把我晃一晃看看有没有摔傻了。上岸后齐老坚持检查了我的鞋子，我的运动鞋陪着我在大陆走南闯北，最后一片气垫还掉在西安的兴教寺里，鞋底早已平整不堪，不具任何摩擦力。齐老再度被打败得一叹："要是知道你鞋子这样就不让你来了，上次是裤子太短，这次是鞋子不合格，你这孩子怎么这样呢?!"下山的路上，齐老压队，我急急地想跟上前头的师兄师弟，但总是被齐老拉住我的帽子，边拉边说："你别跟他们跑，这样你会跌倒的。"一

路上又怕滑倒又得赶上一定的速度，我一直没敢告诉齐老，我回宿舍后整整躺了一个星期下不了床。从此以往，我的裤子和鞋子成了每次同门聚会及师门宴客时，齐老钦点的高频率的话题，我也终于认真地买了一双登山鞋以备不时之需。

　　室友有一次问我一个有趣的问题，台湾的火车有卧铺吗？在终于习惯了火车座位分为硬座、软座、硬卧、软卧四种档次，坐火车去大部分地方都要隔夜之后，突然间无法回答这个自己应该再熟悉不过的问题。好不容易我把脑子扭了回来，没有的，台湾的火车没

台湾早期的火车站，照片大约拍摄于上世纪五十至六十年代。右边是我的奶奶和姨婆，左边是我的爸爸，中间的小女孩是我的小姑姑。他们的打扮都是当时流行的装束，在他们的身后，是早期的老房子

2008 年，北京北站的旧站和正在兴建的新站

有卧铺，因为在台湾坐火车不存在过夜车的问题。以前中学时在补习班上红牌老师的课，老师自豪地说他每一周都在坐火车环岛，因为人红课多，今天在台北分部上课，明天下台中，后天到台南高雄，绕一圈南回铁路再到台东、花莲、宜兰分部继续上课。吹牛皮是补习班老师们必备的看家本领，老师是不是真的每周在环岛并不重要，但却很传神地形容了在这个迷你小岛上一圈圈滚动的火车。火车曾经是台湾早期重要的交通工具，爸爸说，他们小时候最期待坐着慢车晃着晃着回到曾祖母在山上的家，那里总有看不完的牛和鸡，孩子们一起堆着土窑灰头土脸地等待焖熟的香甜番薯。我还在妈妈肚子里的时候，爸爸妈妈坐着火车从爷爷奶奶家回台北，爸爸

看着书，妈妈在吃奶奶削好的一袋香瓜。忽然砰的一声巨响，香瓜和书瞬间不翼而飞，车上顿时蔓延着一阵不安的骚动。有人大喊着："车上有孕妇吗?! 有孕妇吗?!"接着，妈妈就摸不着脑袋地被抬上了担架送进医院。家里一直都留着那份火车事故的老简报，上面登载着所有孕妇的名字，火车过河的时候车头冲进了河里，第一节车厢翻覆，多人死伤。妈妈一直很庆幸她损失的只是那一袋香瓜而已。曾几何时，除了春节，火车不再是台湾西部主要的公共交通工具，同样的，在我成长的记忆里，火车也不再扮演重要的角色，高铁以速度取代了火车的远程板块，客运以低价瓜分了火车的中程势力，为此，台湾的火车曾走过营运的低潮。然而，当我惊叹北京南站像飞机场一样的动车月台规模时，台湾的火车除了日复一日送往迎来区间上班的人潮，却也慢慢多了一份怀旧的气息。

认真算算，到了北京之后，坐火车的机会远比在台湾多，赶上了火车正在提速的时代，新的北京北站、南站像是在瞬间拔地而起，每班火车都在月台鼓噪着向各个方向发

清华园火车站

射。回头看看台湾的火车，反而在慢慢地减速。由于高速的高铁无法短程停站，而从北到南高铁飞车也只需两个小时，因此台湾原本最快的自强号列车（类似大陆的动车）只好增加停靠站点，否则无法与高铁竞争，但行车速度势必降低。大家一度开玩笑地说，现在的自强号（动车）变成了莒光号（特快），莒光号（特快）成了通勤慢车。虽然开不快，但在许多台湾人心中，对火车仍有很深的情感，早期圆铁盒子的铁路便当经过不断改良在便利商店里复活，排骨和卤蛋的古

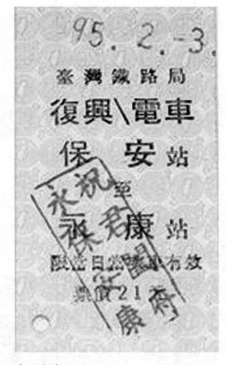

永保安康

早味弥漫在越来越少坐火车的年轻人之间，依然很受欢迎。许多无名小站的老站长，用青春一年一年地守护着车站，风雨无阻地指挥火车，即使面临着高铁冲击下的裁员，远远的汽笛声中还是能听见那红红的哨子吹得好响好响。几年前，台南永康站到保安站和台中追分站到成功站的车票，因为"永保安康"和"追分成功"的吉祥寓意，成为当时朋友之间很平实的祝福礼物。也许就是这样，火车

超越了速度，变成了一种生活方式。

结婚后，因为婆家在台南的乡间，那里只有一个高铁和客运都到不了的小站，所以当我一个人回去看公公婆婆的时候，火车还是最方便的选择。在北京坐惯了动车，我一下子不习惯已经运行了三四十年的老火车，车厢内虽然有新式的翻修，也十分的洁净，但是狭窄的座椅和通道，可能还是妈妈怀着我时的老样子。沿途停靠在一个个小小的车站，有的小站维持着日据时代雅致朴实的建筑风格，只是简单的翻修，跟车厢一样，火车再度启动时，回头望见的是石材上斑斑的陈年水渍和月台上三三两两的候车行人。远远的偶

京张铁路的普客。在台湾，这种通勤式的火车被昵称为"绿皮车"，因为车厢里的座椅配的都是深绿色的皮革

尔可以看见高架铁路上奔驰的高铁，老火车咯噔咯噔地运行在稻田之间，我回忆起小时候唯一一次坐西部干线时看见的嘉南平原，一切似乎从没改变，一片二十年如一日的无边绿野。公公早就在车站等着我，提着台北的土产走下小小的月台，经过斑驳的栏杆，昏暗但是干净的小车站里，候车的椅背很高、椅面很窄，一种不属于二十一世纪的款式泛着陈年的黑亮光彩。我试图解读这一幅幅画面拼凑出的复杂情感，后来想想道理其实也很简单。火车越开越快，快到看不清窗外，我常在想，这是不是就是速度的样子？跟漫画里面一样，只有模糊的画面和很多很多的线条。在动车上的时候，我从

京门铁路上的列车，在难得安静的车厢里，太阳照进来，十分舒服的午后

八达岭附近，旧的青龙桥车站。相对于长城上旅客的熙熙攘攘，我们则是在雨后来到这个安静的车站，望着车站附近失修的断长城，感受到比登上长城更深的历史感

来不去想窗外，只有快，以最快的速度到达目的地，还有到了之后要做的事情。我并不想否认现代化带来的便利性和安全感，但是当我们只想着飞，就越来越容易忽略生活中缓慢定格的美感。老火车的速度让我有空把沿途的一幕幕记忆下来，让我趁着在车上的空档把这些画面去慢慢对应我读过的书、我见过的人、我看过的照片、我听过的故事，所以记忆中的历史可以是真实的，可以是立体的，可以重新活过来，现代化造成的疏离感或许就是少了很多回忆的支撑，少了酝酿回忆的时间，只剩下快快快。

　　所以，我一直很喜欢走在京张、京门铁路上的那两个周末，那时平绥铁路西直门站旁正如火如荼地建着北京北站，跳上绿皮车厢，坐在窗边，把窗户拉开，颠簸地进入山区后，时不时就是一段断垣的野长城扑面而来。有时候下了车沿着废铁道走，想去印证那些是否只存在地图上的旧车站，从木城涧、大台到清水涧，北京民国初年的古意在这些地方烂漫，很自然。詹天佑的人字形铁道设计，我们一样坐着小火车实践，从新的青龙桥车站到旧的青龙桥车站，我们乘着雨水而来，下车后雨过天晴，满山青翠。重新粉刷过的旧青龙桥车站保留了清末的建筑形式，一旁耸立着闪亮的詹天佑铜像，我们把终点定在保有同样造型的旧清华园车站，因为在那里也能遇见詹天佑。离年节排票的清华园车站有一段距离，旧清华园车站跻身在五道口附近的铁道员工宿舍区里，毫不起眼，一样的五开间，但已经被打掉一半，只剩下牌楼般的墙面，后面加盖了简陋的住宅，原本可能是铁道的地方已压在小区的墙下，车站匾额上写着"宣统二年冬季清华园车站詹天佑书"。站在这样的历史面前，我的思绪回到了台北的北门。熙熙攘攘的台北火车站附近，高架道路纠结，在两条高架的夹缝里，露出孤单耸立着的清代台北城北门，台北城的城墙拆除后，北门是旧城最后也是唯一的遗迹。小时候我有一本儿童小百科，其中一则用拟人的手法描述北门公公的愤怒和眼泪，相对于巴黎的交通以保存凯旋门为中心做放射状规划，北门公公告诉孩子们他的故事，同时也痛心古迹竟如此不受尊重，被夹在两条高架路间日夜吸着汽车废气，害得他每天咳嗽。二十多年过去了，每次我经过北门，仍会忍不住回想起童书中，北门公公那两行年迈的眼泪。

后来，除了北京，我因为学科考察也去了一些其他的地方，离开了北京，才知道大陆像川剧变脸一样，有好多面相。出门玩乐的经验不稀奇，以我的宅人本性也玩不出轰轰烈烈的体验，倒是因为

由詹天佑亲笔提写匾额的清华园车站，隐身在五道口铁路员工宿舍区里，与现今的清华园车站有一段距离

念了考古，偶尔会被发配到观光区以外的地方。我已经很习惯两种眼神，一种是"念考古好浪漫喔，我以前也想念，但是因为如何如何（通常是父母反对，或是考虑生计问题）的原因放弃了"，另一种则是"念考古好特别喔"，但是眼底则是"念这个能赚什么钱"的轻蔑。我不是因为迷恋印地安琼斯而入这行，我也没有很炫的枪或是很玄忽的盗墓笔记陪我荡南闯北，我很佩服萝拉，因为女生入这行，要够勇敢、不怕摔、能忍耐。

　　到北京的第二年，我跟班上同学们打包了最旧的衣服鞋子，坐上二十四个小时的火车，到景德镇的农村进行三个月的瓷窑发掘。车子渐渐驶入农村，沿途茅坑林立，我和其他女同学对看一眼，大家吞吞口水，心照不宣。这三个月，我们寄住在老乡吴叔家里，此行堪称为五星级发掘待遇的是位于屋内的热水带门洗澡间和可冲水卫生间，比起同时在北方工地的同学得半夜外出上旱厕，实在很有必要谢主隆恩。一到景德镇，就放了好几天假，师兄说："师傅还没把工地上的草除完呢。"当时心想，除草算什么，一人一把锄头哗哗几下不就没了嘛？没想到上了工地一看，所谓野草是一丛丛两三人都无法合抱的大芦苇丛，只得摸摸鼻子蹲在一旁看师傅合力挥刀大砍芦苇。

正式发掘之后的日子，也是每天跟土的搏斗，指甲里没有一天是干净的，那儿的土硬，女孩子连锄头都拿不起，只能指挥着师傅按照地层挖这儿停那儿。每天的工作就是站在土墙边试图判断不知道是不是自己幻想出来的层位，捡着出土的瓷片，按不同出土地层装进麻布袋里，虽然也期待着出现大片的遗迹，但是又怕一出遗迹就要现场拉起座标线，暴晒在艳阳下画很久的线图。每天这样日出而作，日落而息，常常站在起雾的昌江边，觉得这儿平淡枯燥的日子像滔滔江水永无止尽。吴叔做过厨师，手艺不凡，听说有的考古队，厨师只会做面条，大家也只能从早吃到晚。即便如此，小村子里也永远只有几种菜，

清华园车站维持了和青龙桥车站一样的结构，只是未被保护，已少去半边

下过工地的人几乎都能同意，除非有什么大发现，生活中除了吃没别的盼头，北大的食堂以前虽然常常被我们挑三拣四，但在工地没有选项的日子里，总奢望着有同学从城里带一点水果点心来，很平凡的零食变成了宝。LY捎给我的四川牛肉干，每次想吃却又把它们再收起来。一次吴叔趁着老师不在，给我们准备了一餐火锅，开点小酒，当天大家都兴奋得坐立难安。我和S最喜欢跟师兄进城买菜，然后很开心地买一支冰棍打着黑车回家来。一个月后，探方挖了五米深，一度还塌了下来，天气也冷到很难继续一整天站在江边的工地上。工作转移到吴叔家的顶楼，雇了两个阿姨洗一个月来挖回的数十口麻袋的瓷片，每天清晨上楼上工的时候，盆子里的水都

在景德镇的发掘工地。上考古工地不需要准备印地安琼斯的装扮，只需要带上最旧的衣服，因为每天在探方里打滚，风吹日晒，总是一身的土

每当有发掘出来的瓷器，都要手工绘图。考古工作室往往不像电影里那样时髦的实验室，我们将几片木板架在塑料椅子上，就是绘图的桌子。不知从哪儿跑来的猫儿，不怕生地腻着人，工地的生活是枯燥的，一点点新鲜都是趣味

结成了薄薄的冰，往下望见吴叔家的菜园子，一朵朵菜叶上都撒着像雪花的霜，我们把自己裹得像个球，把阿姨们洗好的瓷片按照不同类型排成长长的队，顶楼上的工作又是整整一个月。当屋内渐渐比屋外还冷的时候，我们抱着暖水袋，不断发短信问远方的同学北京宿舍的暖气是不是已经来了？这个月的任务是挑出典型的器物，用椅子和木板架出小桌子，一个个画图拍照，每天都把陈列在架子上的碎片看了又看，希望可以拼成一个半完整的碗。我并没有低估田野生活的辛苦，但是离开景德镇后之后，我着实疯狂地上网、睡

在夔底下村的转角墙边，看到这样的标语

觉、大吃，又常常呆呆地盯着晚上闪闪发亮的霓虹灯好一阵子。有一段时间里，不管在台北还是北京，深深感受到城市里应有尽有的存在，就是一种安全感。

去年冬天，和一样来自台湾的学妹元打算去看看唐太宗的昭陵。昭陵不算陕西旅游的热门景点，相对的交通也十分不便，我们抱着考察的热情，当然不能被这点小难浇熄，坐着大巴从西安晃了三个小时终于到了陵山下。昭陵凿山为陵的壮观，在视觉上的震撼远超过秦始皇陵和汉景帝阳陵。在陵山下巧遇昭陵博物馆主任，主任热心地说带我们到陵上头看一处还保有壁画的石洞。原本以为有车可乘，却只见主任往一丛树下钻去，招呼着我们跟着走，我们对看一眼，赶紧绑紧鞋带接上爬。陵山望下平野阔，脚下一样是没有路的路，几处踏着的石头下就是断崖，心里一边敬佩世民兄慧眼挑选了一个如此不凡的景致安身，一边担心一不小心滑落就真的给皇帝陪了葬。调查不一定每次都是顺利的，下午的阳光让我们找不到确实存在在石洞里的壁画。看看时间，北京的夜生活还没开始，主任便催着我们赶快准备搭车回西安，"冬天很早就没车了"，他说。主任让一位师傅带着我们去坐回西安的大巴。我们来到一路边，师傅说，就在这儿等吧。我们四处看看，原本以为会有简单的站牌和候车处，结果真的就只是路边而已。天色此时逐渐暗了下来，师傅看着我们不安的眼神，叹口气说，这会儿估计没大巴了，我给你们拦辆车吧。和司机谈好了价钱，有点害怕地上了车，太阳下山了的村子没有路灯，只有两边黑压压的树林和对向呼呼而过的车头灯断断续续地发亮着，每一次有人在黑暗的路边拦下拼车，不管探头进来的是男的女的，都有一种凉意从我脊椎冲上来，很多不知是真是假的社会案件在脑里乱窜。好不容易前头有个明亮的收费站，我气儿都来不及喘，师傅就突然往旁边小路一弯开进了伸手不见五指的田里，车子很严重地上下颠簸着，直到确定师傅是为了逃避收费，才把快吐出来的心又吞了回去，这时师傅吆喝着："吃柿子不?!"我看着窗外成熟后沉甸甸的柿子，有点虚脱地笑了起来。

　　原来，不管是在台北还是北京，我以为我是自由个体，但其实都是在被设定好的公共程式里运行，像是所有大城市的公约，我以为有车就等于有站牌、我以为末班车应该至少会到晚上九点半（如果是在台北，半夜都有可能），我知道世界很大，但是我以为这些相同的规范可以放诸四海。如果我没有离开过北京，我不会感受到台北和北京在差异中的相似性，如果我只是一个单纯的游人，北京和其他地方的差别，可能真的就只有美食和风景而已。

三角之恋

039

北京，思乡曲

后来，我一个人回了老家，祭了祖坟，在细雨中走上了八字桥，从桥上望着潺潺流水间的乌篷船。后来，我去了江西瑞金，在一个小学里想找到黄埔军校第十七期驻扎过的痕迹。后来，我去了北京故宫，奥运整修，大雄宝殿还是不让人进。后来，我找到了卢沟桥，石板路没变，我数着一只一只的石狮子，各有各的样子。这一路上，我都带着相机，镜头闪个不停，别人以为我热爱摄影，其实我只是想让爷爷再看看他心里想念的风景。在他最后的日子里，嘴里念的、心里想的都是这些最遥远的回忆，他很想回去，还想回去，但是身体不行。有的时候，他会看着照片问我，这是哪里？我不知道是他忘了？是地方变了？还是他心里有一个位置是我即便沿着他的足迹走过也看不见的？直到我离开了台北，才懂得家的意义，不管语言多近、文化多近，我在北京的每一天里，都能体会爷爷想回到绍兴老家的心情。他想交给我们的，或许我们一直都不了解，曾经，我以为家庭美满、子孙满堂就是福气，却不知道解不开的乡愁才是他心里最空虚的孤寂。

颐岚达

共度北京的十个春天

台湾辅仁大学经济系　本科
台湾南华大学教育社会学研究所　硕士　研究助理
台湾世新大学社会心理系以及性别与传播研究中心　助理研究员
现为北京大学心理系儿童发展与比较心理实验室　博士候选人

邂逅北京，一见钟情

　　十年前邂逅北京，与北京一见钟情！当年的北京，有某种直入人心的魔力，让人在她的怀抱中，不自觉地想要安静下来，深深吸

北大——许多人梦想中的胜利的独特角度

一口来自她历史底蕴所散发的清香；不自觉地就会想把纷扰的心静止下来，凝望她那萧瑟苍茫景色中所含摄的恢宏大气。从那一刻起，就已经不明所以地深爱上她。

那一见钟情之后，与北京分分合合的缘分，转眼也走到第十个年头。回首来时路，其中不乏跌宕起伏、坎坷崎岖的辛苦，于此同时，却也不乏意气风发、大展宏图的飞扬时刻。种种喜怒哀乐，悲欢离合的故事，就这样与北京交织融合而成。

十年幻化，变与不变

一见钟情（Firstsight）当下的那种直入人心的魔力，在每次返京下飞机的高速路上，还是一次一次地重演着，一次一次地让人不禁屏息凝望这个偌"大"城市，并且从这凝望中得到安住，一种莫名的亲近和喜悦。

然而，不知道从什么时候开始，突然之间，这个城市变得陌生了。突变，在一瞬间来袭了。

"宏大"的城市风格，仍然是一以贯之的。只是，过去的北京，不管是古典还是现代的区块，她的那种宏大，具有一种包纳性。也许是从历史底蕴带来的，某种浑然天成却能沉淀人心的力量。如果把北京城看成一个能够与之对话的载体，北京城对于她的居民来说，像是一个愿意无条件倾听的智者，如果居民能与她彼此端详着，她就有这股魔力，能让居民们找到宁静自己的方式，且能提供一处无限安全的臂弯。这也许正是十年前能和北京那样一见钟情的神奇妙方。

然而，与北京城之间突然发生的陌生感，可能是因为这个历史古都，在不可预知的瞬间，不期然地有了明显的企图心。或者，这样的企图心，原本就有，而只是在那个不可预期的瞬间，突然机缘成熟成真了。

这个本来就以宏大著称的城市，想要变得更大。并且，这个"更大"的边际，被期待着无限延伸：不只是对城市本身的格局和现代化进程的努力，也不只是成为一国之都、榜样标杆的使命感，而可能是一种更想要接近于成为"世界性标杆"的集体式宏愿。北

第一次挑战体力极限的 Hiking，成功

京城在这个过程中，成为一个崛起大国的首都，可能还是远远不够的。在宏愿的当口，她被期待要坐在世界核心中核心的位置。

因着这个宏愿的支撑，京城化身为魔术师的舞台。用"迅雷不及掩耳"来形容她都显得太慢的速度在幻化。说她"幻化"，而不只是"变化"，因为居民们还没搞清楚此刻的变化，下一秒就又不同了。变与变之间紧密相连，以至于"变"的本身早已无法被准确知觉，于是就成了"幻化"了。如果城市变化也有半衰期，她的半衰期也许可以跟细胞分裂的速度相比拟。对于居民来说，"适应"变化是不必要的，因为变化本身就在生活的分分秒秒中。居民们要把自己成为"变化"本身，才不至于在与城市生活的互动之中，不自觉地在速度里隐身，在城市看不见自己的足迹，更找不着生活于这个宏大的城市的"存在"。

北京本身的城市幻化，以及因此而引起北京人们生活方式的幻化，比起四川变脸秀的速度怕是要快上几十倍；北京这十年的变迁，相较建都史上这八百五十余年以来的总变量，可谓成级数地跃升。使得当时与北京初次见面那一刻的惊艳，渐渐被不知所措的慌乱和迷茫所取代……

但在这个过程中，很奇妙地，仍然维持着某些历久不变的元素，或者至少是比城市风格幻化更慢的元素。如果京城的幻化是个快速的旋转木马，这个不变的元素，可谓是旋转木马的中轴心。换句话说，如果没有这个稳定的力量作为中轴心，旋转木马快速转到一定的程度，怕是会失速崩坏的。

从十年的经验总结而来，这个中轴心的力量，该属她的居民——北京人，从长远历史传承而来的传统生活形态，和对生活步调的坚持态度，以及那些为了自身的梦想，也为了城市的发展，无畏一切困难的京城打拼族。

不管是凝望或者端详，和京城之间的对话，总是在某个出神或者放空的瞬间（moment）发生。然而，回归到生活本身，与北京人的"相处"，甚至是"相依"的过程，却是持续不断的分分秒秒交织而成的。没有了和北京人之间的相依、相处，在北京的生活，可能和在世界上任何其他一个大城市，没有什么差异。

不管是跌宕起伏，还是意气风发，没有这些北京朋友在身旁，

不经意间走进了一座北京寺庙

扶持也好，旁观也好，怕是难以跨越那些生活环境中早就等着我们去经历的严苛考验。

这一切当然有可能纯属个人的机缘使然，但从平时由公共场合中对一般民众所累积的观察，其中也不乏建构市民文化人格特质的认识论基础。

北京的变与不变，正在北京人和来北京寻梦者之间，交替融合着，渐渐成型。

北京的中轴心：北京人 + 远渡北京的寻梦人

一般人对于北京人的第一印象，也许是他们有某种独到的来自"皇城"之民的自豪之气，生长在天子脚下，受到"君临天下"气势的历代熏陶，加上近代和现代的首都地位，这个城市的居民和其他地方民众，最显著差异的文化人格，便是不自觉散发着的一种浑然而生的傲气。他们不但自居为这个城市的"正统"表征，也是这个国家的"核心"代表。虽然不见得是高高在上的姿态，但引以为豪的态度却是显著的。这一点和巴黎市民恰恰形成很有趣的比较，北京和巴黎，是两种非常不同的文化社会，但几百年来辉煌历史连绵不断的光芒，仍同样地活生生在两个城市每个市民的心里扎着根，在代代相传中默默继承着，并发扬光大。那种引以为傲的心情，是可以类比而趋同的。

北京人们真正值得引以为傲的内涵是什么？是历史传承而来的

光晕？是现代金砖大国崛起，犹如扬眉吐气般的自豪？或者仅仅是一个现代与古韵并存城市市民心理表征的化约？北京人怎么看待自己所感到自豪的内涵呢？他人又是怎么看待北京人的傲气呢？这份傲气是一堵墙，还是一座塔？北京人能理解这份傲气区分了自己和他人之间的差异吗？

那份傲气，在北京人们眼里，是理所当然，天经地义的。对北京人而言，没有什么理由不这么看待自己。就像在任何其他文化情境下成长的人们一样，对于成长环境的自然法则乃至社会法则，就如同空气和水一样，都被该环境中成长的人们认为是再自然不过，毋庸置疑的"先验存在"（being）。

因此，体会这天生的傲气，往往是从穿梭北京人圈内与圈外（in-group vs. out-group）的朋友，在圈内、外相互转换和比较的过

惊鸿一瞥，美得令人屏息

程，慢慢而得的体验和结论。问问北京人自己，也许并不会认同傲气来形容自己的说法。但在初到北京的过客乃至观光客，或者外地人来京奋斗梦想者的眼里，那份傲气可能是最直接最鲜明的挂在北京人身上的标志（label）。

那份天生的傲气里，元素是复杂的，至少同时囊括了义气和霸气。如果说傲气和霸气代表了"我就当然是此城市老大哥"那种不言自明又不容置疑的大气之势，那么"义气"，则是身为老大哥不可回避的天降大任！那份傲气中的义气，表现在许多方面。有时表现在对公共事务的热衷，有时表现在对弱小的无限支持和善意关注，有时只是表现在公车上对老弱妇孺的温馨关怀。

对于公共事务（publicaffair）、社会公义的维持，北京人常常溢于言表地表现出无限的关注。常常可以听到在公车上、在传统市场、在大街上、在小胡同纳凉下棋的大叔大婶，像对广大人民发表国事讲话般的大官那样侃侃而谈。这位大爷、那位大妈，可能所持观点不同，但就自己的看法辩证起来，都是有板有眼，至少必须在气势上不落人后。不知所以的，可能会觉得这里的人们都是天生的演说家！对于市民养成过程中，受到了什么样的熏陶和训练，从而能形成如此的特质，大概无法切身体会，但是关于市民们所显现出来那种天生演说家的特质，却不得不印象深刻。而演说的能力，并不是特例，而几乎是俯拾即是的，这也许是北京人天生的傲气，所夹带而来的延伸能力。正气，傲气，只有在充分的表达能力中，才能最好地展现。

除了演说力，北京人还有和傲气相联系的善心。事实上，一般情况下，人都有本质善良的一面，都有乐于助人的本能。但北京人对于善举的理解，其中涵盖了舍我其谁、当仁不让的自我期许，那种善良还是跟老大哥的傲气同根生并紧紧相连的。善心发挥起来，具有相当强的能动性。对于面对善举当为而不为的人士，油然而生的憎恶和指责的严苛，也成为一种天生的北京气质。不为别的，只因为北京人不自觉地以老大哥自居，遇事自有主持正义的潜在使命感，遇上弱小，更有扶持保卫的责任。因此，北京人保有天生傲气，而对北京人避而远之的朋友，若碰巧遇上他们拔刀相助，甚至两肋插刀仗义起来，或许反而感到难以置信。仔细一想其实非常合理！所谓"老大哥"性格里，往往附带着扶助弱小的义气，两者本来也是相依相存、一体的两面罢了。

那份傲气，同时也透着一份不向恶势力低头的傲骨，面对不当攻击和不平待遇，绝不依不饶，誓不低头，这时傲气便转化成了浩然正气！那也许是对正本溯源的一种延伸：因为"我本是老大哥"，哪有被欺压之理？因此，若遇到不公正的待遇，反应也比一般人更爆烈，容忍度的门槛更低。可能也不自觉成就了这一番绝不容侵犯的傲骨。于是乎，这份傲气和义气里，就从"老大哥就得是老大哥"的那种不容置疑、不让反对的坚持，不自觉转化为理所当然又布满浩然正气的大气之势。描述北京人心理结构，这种莫名且理所当然的大气，该当仁不让为首要之一！

很吊诡的是，这份天生傲气里，还藏有一份几乎可被称作惊艳的"柔情"。北京人显现于外的刚正不阿和浩然大气，其实存在很明显的群体内外的区隔性认同——极度认同身为北京人的北京式认同感。一般来说，并不轻易认同外人，包括自家人群体外的圈外人（out-group），甚至是外地人。但不论什么原因，一旦被北京朋友打从心里认同起来，却能够糅入如对待家人般地柔情细腻，乃至掏心掏肺地付出，挺身而出也无所"畏"的仗义。

　　如果说傲气和善心的组合，是粗犷中带有赤胆侠义的保卫型战士，傲气中的柔情就是粗中带细的钟情式骑士。那股傲气中的柔情，充满了人情关怀的生命厚度，那份温柔，像是一个坚果内核最最柔软的部分，就跟北京城从历史底蕴而来的那份包纳性一样，是个可以无条件接纳的温暖怀抱。这份柔情，说是北京人在与人之间情感交流上的最珍贵的核心，概不为过。

　　而保卫战士和钟情骑士，非常奇妙地，是在北京人身上并存的特质，粗中有细，细中有粗。两者之间如果存在界限，大概会与居于北京人圈内或圈外的相对位置有关。圈内和圈外，就北京人对关系网络的认知来说，像是两个不同世界的逻辑，两种截然不同的标准。对于圈内人来说，容忍度和认同度，拓展到无限大都不过分。关于是非判断的标准，社会公理当然还是具有一定的准则性，但是圈内圈外的界限，在是非对错判定的过程中，则扮演更为关键的角色。

　　一旦被界定为圈外人，那份北京人特有的天生傲气，可能令人感到充满距离，甚至是高不可攀而冷漠的。若和北京人之间的关

系，不仅是圈外人，甚至是相互对立起来，那傲气中的傲骨，将很容易浮现而出，而成为强悍难对付的对手。因此，一般人对北京人的印象，概与此圈内圈外的界限有着一定的关系。但仅仅因此就给北京人定下了坚固的形象，可能不免落于单面的刻板印象。北京人的特质远不止于此，那样的傲气和傲骨中，还存在许多不同的可能性。

在绝不落人后、不容侵犯的傲气里，支撑着的还有一份实事求是的实证精神。也许受到近代独特发展而成的"唯物思维"熏陶，不论是侃侃而谈国事的大爷大妈，还是带着保卫战士或钟情骑士心理的"老大哥"市民，对世事评论的立论根据，或者评判是非的标准，除了圈内圈外的标准之外，仍讲究实证的基础。实证精神，其实早已是普世价值，说来没什么特异之处，但在北京人身上，实证精神似乎已经被置于一切思维的绝对前提。

在人们所关心的相关议题中，每一个环环相扣的疑点，都期待被具体说明、举证，被循序渐进地解决和分析之后，才能成立。这一点在其演说天赋中也是显而易见的。这份实证精神，概已内化成市民思维的本身，以及语言表达的必要内涵，与市民的心理机制融为一体了。不论涉及什么领域的议题，凭空臆测的言论，抑或跳跃而没有根据的思维，往往在第一时间就被质疑，甚至被戳破，更难以得到认同。若不能依循实证思维的程序，一步一步提出充分证明，言论想得到支持认同，难度只怕比天高。不可思议的是，这并不只是政治场域民意代表式的舆论游戏规则，而是深深烙在平民百姓的生活习惯和基本认知之中的一种本质性的特质。甚至在电视剧里，在电视广告里，都存在如此的思维特质。

这份实证式的思维，加上以傲气为核心的大气之势，也就更强固了那份理所当然、不容置疑的浩然之气了：还有什么比"有根据"的正道之气，更值得坚持和认同？

延续北京人特有的皇式傲气，北京的男人，成为了傲气、豪气、霸气和义气的化合物。跟他们相处，有时充满了可依靠的安全感，有时又会因为豪气和霸气行为的不可预知性而莫名地不安。他们的情感，直接而不伪装，粗犷不羁中仍不乏细致柔情。他们的情

发现一个非常不北京的地方

感付出，还存有一份不可思议的、深厚的，对女人的尊重和宽容，甚至也有点敬畏！

北京的女人，也有一股傲气，但表现在外的，更多是独立而彪悍的气势。要驾驭她们，可得费点儿劲。

北京人的傲气，对很多人来说，很可能是一堵看不见却也跨不过去的墙。那股傲气，很容易被解读为无谓的傲慢。是的！如果没有机缘穿过那堵称为圈内人（in-group）的墙，就像被无情拒于门外的无辜受害者一样，心里是会有硬伤的。而那方伤痕所投射在北京人身上的，除了傲慢二字，还有什么更合适的表达呢？

然而，与此同时，如果有机缘穿越了那堵所谓圈内人（in-group）的墙，北京人的傲气仍在，却可能变成了一座塔：地上三层，地下三层的塔。地上三层是傲气、霸气和义气，地下三层则是傲骨、柔情和实证精神。

北京人圈内圈外的感受，如此不同，那么，和北京人同为圈内群体，是可能的吗？

一路向北除了亲缘关系之外，长时间的诚信交往所形成的信任，以及非圈内人自身人格特质的正向性得以被认同，是关键的因素。一旦坚实的信任感成型，也就同时走入了北京人的圈内世界。从这里观察北京人，那些柔情，那些大气中的纯真，才有了渐渐显现的可能。

那么，穿越这堵分离圈内圈外群体的隐形墙，可能和什么因素有关呢？跟这些有着一股傲气的北京人，彼此之间的情感发展，如何成为可能呢？

其实就像与任何一个文化群体的族群交往一样，成为在心理结构，以及北京人群体内的一份子（insider），除了需要适当的机缘推波助澜之外，还需要存在对彼此群体相互理解、充满善意的动机，以及在互动过程中，真心付出并寻找彼此共同交集的努力。

所谓的理解，指的其实就是除了表层行为之外，能

有朋自远方来不亦乐乎

够看到更深入的特质，以及每个行为背后不可言喻的可能原因。从这些更深入的特质和原因中，找到能够认同，或者改变对彼此印象和态度的动机，就能达成深层理解的基础点。如果能够和不同文化群体的个体之间，多一点理解，多一点善意，那堵看似牢不可破的傲气墙，无形中也就有所消融了。

若想培养对北京人这个群体的理解，也许这座"塔式傲气心理结构"的描述，可以作为一个认识论的新起点，以及关系营造的切入点！

若能从比傲气更深的层次探测，而进入那样的心理结构之中，

诸如义气、柔情，或者对实证精神的执著等，也许可以从此重新找到触动彼此的心理交集以及互动平台，足以启动双方较为深层的认同和交流。基于这样的理解和沟通，彼此跨不过去的一堵墙，便很有可能成为有高度也有深度的塔，相互和谐共存。至于如何寻找北京人和北京过客彼此之间的心理交集，则不可避免的，是一条从这个起点出发的长远跑道，需要时间去挖掘，需要耐心去经营。

如果说十年来于北京群体内外的穿越，和对北京式行为背后的深刻理解，已经在时间的淘洗中，达到了某种成熟度，那么，和北京朋友的圈内交集已经形成了吗？

在北京度过的这十年，概可总结为渐渐走入北京圈内世界的过程，生活中的认同感越来越北京化。不知不觉地，这十年就成为"渡"过那道文化差异的鸿沟，化作半个北京人的历程。

在这个圈内的世界遨游，才算看到了京城真正的宏大。那份宏大，不只是所见的城市格局和现代化规划本身，更在北京人的心理结构，所惊见——那个既傲气又柔情的世界。

圈内圈外的界限，像是一个二元对立的世界，圈内像是温暖熟悉的地球，圈外犹如外太空般的无所边际和深冷未知。但实际的人际生活，其实牵涉的是更复杂的关系网络。其中，有典型的北京人，有外来的打拼族，有世界各国来京经商、求学、安家立业的人们。共同在这个又古又新的城市里，经历他们人生之中与北京的一场缘分！

在京生活不可或缺的关系网络

在北京，乃至在大陆内地生活，许多人都已经有所知觉，是否能够建立一定的关系网络对于在北京行走，乃至基本生活品质的高低，都是非常关键的。比如，位于北京人圈内和圈外的生活方式，将会如同活在不同世界里一样，没有一定的人脉圈子，在北京生活只怕容易挫折不断，尤其当遇到麻烦事，常常会有举目无亲的无力感。

与那些移民西方国家的群体不同，在国外，各自独立的生活模式，相对完善的人性化制度，使得即便自己待在家里，或者仅在一

我的心灵城堡

个非常小型的社会网络中，生活也不至于存在太大的危机。然而，在京生活，如果不能跨越家庭场域，缺乏任何关系网络的支持，在京只怕寸步难行。中国有句俗话，"在家靠父母，出外靠朋友"。在京生活，只怕是走到哪里都要靠朋友，即使"在家"亦然。关系网络，已经成为在京生活的核心。越强大越宽广的关系网络，往往是在事业上乃至生活中更加成功的基石。

而这种关系网络，就生活来说，并不只是一般所狭义地认为，仅仅是功能上的关系网络，而是真的成为圈内人，被当成"自己人"的关系网络。只是成为功能型的关系网络，仍然是远远不足的。

功能上的关系网络，基本上是期盼将来有所回报，相互之间存在利益共享共识的一种网络。功能型的网络，本质上具有流动性，随着共同利益的改变而变动，短期内也许能够提供生活的方便性，乃至生意往来的利益。然而这样的网络，本质上没有根基的烘托，是漂流不定的，一旦失去了共同利益的撑托，就很容易崩解于无形。在京行走，若过分依赖功能型的关系网络，到达某个深度或者难度时，还是难免遇到瓶颈而处于跳脱不开的窘境。

而"自己人"的关系网络，则是相互之间的交往没有明显目的性，以真心感情付出为基础的关系网络。这样的网络，需要长时间的淘洗整合，然而一旦成型，北京生活的真正精髓，才开始品出一点"醇"的感觉。

在"自己人"的网络里，就跟与自己家人在一起一样，被真心的接纳，被真心的关照，遇到困难乃至困顿时，这样的网络中，也总不乏出手相助的贵人。能够生活在这样的网络中，在异乡生活的安定力量才能定型。于此间生活，也才有了生根的基础。这个时候，所谓的关系网络，已经不再以关系网络的形式存在，而是成为生活的本身了。也就是如前所述，当变化不再是变化，感受不到自己的差异性时，才能找到自己在这个城市生活的定位。

此网络一旦成型，其实已没有太多的"异乡"感，对于生活中的事件和朋友，也不再抱有明显的"他者"观，"他－我"之间的共同处已渐渐大于差异点。也就是说，一种接近熔合（fusion）式的文化融合，在"自己人"关系网络形成的框架下，渐渐地发生了。

走入且渐渐融入此类关系网络的过程，说起来也正是被这个城市渐渐包纳，成为其中一份子的过程。在成为京城生活的一份子之前，若没有先走入北京人圈内这一环，大概很难真正成为京城的一部分。

因此，在京城城市格局快速幻化发展过程中，如果说有什么是不变的，如前述，北京人从历史传承而来的"塔式"特质心理结构，足以视为支撑整个城市生活变化轨迹和走向的中轴心。而来自各方各地的族群，在京生活历程中，与北京人渐趋成型的关系网络，并渐渐被这个大城市包纳的过程，则是使得这个以古老为基石的城市，向新的风貌继续拓展的动力。以此二者为双核心，北京的迅速幻化，才能在中轴的支撑和依托之下，继续往外推展城市的格局。若只是城市格局表面的变化，背后不存在市民心理结构的动态变化，城市的改变，就只是建筑物的改变，只是物质层面的演变，

尚不足以称为"京城"的幻化。

那么，在心理结构和城市生活之间，如何交互作用，而形成一方面具有北京味儿，另一方面又不断幻化的现代城市呢？两者间如何表现和渐变呢？

心理结构和城市生活之间的交互作用：闲散悠然的北京味儿

从生活方式来说，虽然京城已跃居国际大城市之列，但在京城的大街小巷中，仍然很容易感到一股悠闲泰然的生活趣味。不论是小区的大院、小院，社区公园，或者是胡同巷弄的路口；不论是早晨或者黄昏，总是能见到聚在一块儿聊天寒暄，或者围在一起下棋、遛鸟、遛狗的大爷大妈；也有许多抱着一两岁娃儿的年轻妈妈聚在一起，互相比较着你家我家娃儿如何如何的妈妈经论坛；也常见大爷拿着一只看起来颇像大拖把的蘸水毛笔，找块平地上便"挥毫"起来；大马路旁的空地上，也能看见姐姐妹妹，抬起头便有模有样地跳起这国那国的民俗舞来。

这样的生活趣味很少是独立于个人的，大部分是以社区为单位的集体娱乐。也许这也是关系网络所展现的模式之一。以社区为单位，左右邻居相约一道进行娱乐活动的那份集体式的悠然，在其他城市还是比较少见的。

而这种社区生活中的集体式悠然，更多地能在一些北京的传统

很受感动的一个典型的北京式笑容

区域观察得到。这也许和传统北京所延续下来的生活方式有关。同时，也是京城最美，最能展现京城底蕴，包含着丰沛感情的一部分。这是一道从传统精神承继而来，闲散悠然的生活精髓。城市的快速变迁，在那份悠然的面前，暂时定格！

　　这里足以玩味的，不只是休闲活动本身的特色，更是休闲活动进行的方式所透露出的市民心理结构和文化气息共同糅合的生活现象。

　　每个城市都会发展出一些适合当地城市的市民休闲。在北京，市民休闲，则是带着浓厚"北京味"的特质。那份迷人的特质，不

北大图书馆——每天一定要待上十个小时以上否则心不安的地方

在恢弘的广场，而在胡同巷弄中。

这股北京味，除了表现北京文化的风格，也同时糅合着市民心理结构的特质，以及关系网络的支撑，展现在世人面前。

在京生活的基础单位：社区生活

除了在心理结构和关系网络上，在北京人圈内世界里遨游，渐渐品尝出一份"醇"的风味之外，在生活上，社区生活更是一个至关重要的场域：一个京味儿的发源地。

多年来，因为工作、因为学业，跟许多外地人一样，笔者辗转住过许多不同形态的社区。其中，住过高级住宅区，龙蛇混杂大杂烩型的小区，一般单纯而中型规模的社区，也在学生公寓住过简朴到一点基本的隐私都太奢侈的学生社区。

　　不管哪一类型的社区，都可发掘自身的小区文化，都有自己的一股京味儿风格。其中，私密性越差的社区，也就是几乎不存在个人空间的居处，人与人之间的情感反而越深厚，彼此间的情感反倒越无私，越接近原汁原京味儿。

　　因为于同一个社区单位生活的人群，生活空间的无私密性，凡事凡物包括吃喝拉撒的空间共享，本质上形成了一个生命共同体。整个社区像一个大家庭，在生活当中，有种忧患与共的承担。那份承担，让彼此之间产生了如家人般不可替代的情感。

　　走进了几乎没有人我分际的社区，并且被这样的社区生活所接受和包纳，北京生活的韵味，又到了另外一个深度和厚度。进入这样的社区生活，已经不再"像"北京人一样生活，而是"成为"北京人的生活，成为社区生活的一份子。

　　在社区生活中，能够成为社区里每个角色都愿意相互真心付出的一份子，忘记身份，忘记从何而来，只是自然生活在一起的一份子。这个时候，仿佛就住在家里，一点也不觉得自己还是个外地来的过客。每当感受左右邻居犹如家人般的亲近时，幸福感油然而生。而通过共同生活，也正是凝聚来自不同背景族群的神奇方式。

　　在日常生活中，化约到最简单的单位，不外乎食衣住行所构建

的空间和场域。因此，在这个场域所发生的故事，也是京城最真实一面显现之处。于是乎，结合社区生活经验，和有着"自己人"关系网络的在京生涯，北京味儿的发源地，便得以重新定格在这十年的情缘之中，萦绕不去。

充满冲突色彩却丰富多元的市民心理结构

除了被称为老北京的当地人，现代京城里更多的是来求学、来工作、来求发展的——北漂族。北京这时候变成了梦想的代名词、鲤跃龙门翻身的机会，同时也代表了痛苦指数无限高，买房买车遥不可及目标的生活。面对目标远大、痛苦指数莫名高的生活，也就激发了北漂族看不到上限的积极性和竞争性。

北漂族的竞争感和生活中所表现的爆发力，从对食、衣、住、

精心打造的真情礼物

行条件的容忍度可见一斑。每天来回花四五个小时交通时间的通勤族，在北京城里城外稀松平常，对其他城市的市民来说，概是不可思议的磨难，特别是对台湾民众来说，4~5个小时，几乎已经可以从南到北将全岛走到头了。这些有着异常毅力和耐力的人群，许多是北漂族的成员。

北漂族追寻的北京梦，到底是什么？他人眼中的生活痛苦指数，有没有可能在他们的梦想中，因被升华而不以为意？或者表面上看起来偌大代价的城市痛苦生活指数，和家乡本地生活的有限格局比较起来，早已是可以忽略不计的残差项？

这么辛苦的生活，如果不是背后强大的成就动机支撑，如何使得承受这一切的辛苦成为可能呢？

所谓的北京梦想，内涵到底是什么？是更好的物质生活？是更好的发展机会？是更大的生命格局？还是自我构筑出来的出人头地的绝佳机会？以上也许都是一部分的原因！但这背后的成就动机到底需要多大的力度，才能在对痛苦指数不以为意的同时，还能拼命地向前冲刺？

大陆内地城乡生活水平的差异，没有亲身感受的人，概难想象。极端的例子，农村中所谓的基本生活要求，几乎没有想象的下限，概不是所谓的倒退几十年能比拟的。在北京生活虽然不容易，同时也仍然存在来京前的理想和来京后所面临的现实之间的巨大差异，但相对于乡村生活，整体的城市格局所提供的可能和机会，至少到目前为止，从成本效益的角度来说，仍是相当值得投入和付出的。只要在北京能站上一点点的立足之地，可能都足以成为家乡整个家族的坚实后盾。这也成为往前冲刺的最主要动力，那份成就动机，背负的不只是自己的成就，可能更是整个家族的发展。而这份动力的力度，和城乡差异度恰成正比。越偏远地方的打拼族，冲劲越强，吃苦忍受度越强。

当然，所谓的北漂族，还包括许多不同的行业和层次。其中，也不乏经过长年奋斗，尔后成为精英，甚至成为京城各大领域佼佼者的例子。也有许多在这里找到了新的发展契机，从而留下来，继续发展甚至扎根的成功案例。因此，把北漂族生活的样貌，以单面向的方式总结和呈现，将会与真实存在一定的距离。然而，生活样貌和打拼历程的轨迹，固有不同，那份所展现出来的往前冲刺的毅力和拼劲，却是有志一同的。

大都会生活圈里，来自外地打拼的感人故事，甚至是辛酸故事，全世界不乏，说来并无特别之处。那么，北京城所发生的这些故事，又有什么不同呢？相对于北京传统的生活方式的传承，以及老北京人背后的心理结构而言，北漂族的心理结构又是什么呢？在这些痛苦的面前，真正成就的是怎样的梦想？他们在北京城常年这么生活着，又怎么看待北京呢？生活在这个城市，他们有被排外的感觉，有难以成为一份子的排拒感吗？

如果把京城的城市本身，当成一个仍然在毕生发展史中渐渐演化前行的人类来看，她的某一部分已经走到了中老年；她的另一部分，正值青少年期；还有某一部分，还在婴儿期。而此番城市发展步调不一的差距，并不只在城市的现代化进程中可见，更见于居民心理生活之中。

在北京已经居住了世世代代的群体，通常居住在比较接近京城中心的一带区域，心理生活上普遍可以观察到的特质是易感安定、悠闲、泰然，看事情更多地从大处着眼、事事讲究实证而处事态度大气；对于"北京人"群体自我认同感高，对于历史传承存在莫高的荣誉感；对非北京人的群体，仍难免存在面对"他者"外来族群与圈外人的疏离心态。生存压力危机感水平方面，相对而言较低，一般并不太容易为了求生存而表现很强的冲劲。这样的一个群体，像是北京的中老年时期，安定稳重，自成一格。对其他人而言，有某种可远观不可亵玩焉的皇族后裔气质。

北京的另一些地区，通常是偏离京城中心更远的区域。这些区域，常见者则为外地远渡京城的打拼族。打拼族群体和北京人群体，具有本质上的差异。总是能够从打拼族的身上，感受到无比旺盛的企图心，非常的积极向上（aggressive），关于可能的发展机会，嗅觉敏锐；关于建构功能性关系网络，不遗余力。不管是只身来京奋斗，或是携家带眷，为了生存，没有什么不可能，痛苦指数在发展机会的面前，只不过小菜一碟。这个群体，则代表了北京的青少年期，精力旺盛，不怕苦不怕难，斗志四溢，对于未来充满了美好的愿景。

北漂族和北京人群体，因而形成了强烈的对比。不但在地理区域上，能够找到显著的界限，同时也能在心理结构上，找到鲜明的区隔。

十年来，从以北京人自成一格、有方有圆，圈内圈外界限明显的皇式气质为主流，到现在北漂族和北京人融合在这偌大城市里共同生活，相互包容的多元结构，渐渐糅合了老大哥式的傲气性格和无限上纲的积极性和竞争冲力，以及两种内涵非常不同的心理结构和城市情感的冲突。

有趣的是，正是这多元化的心理结构，建构了北京真正的现代化城市样貌，缺一不可。如果京城只是北京人群体，这个城市可能缺乏了某种往前追赶的冲劲；如果只是充满冲劲的打拼族，整个城市便可能因缺乏秩序而混乱不止。因此，城市的发展和现代化，跟北漂族的无限上纲的冲力息息相关，而城市传统生活的传承，则是跟北京人的生活方式紧密联系。两个群体，像是一个家庭里担负不同使命的兄弟，各自发挥自己独特的特质，共同且各自努力，撑起这个家的未来和永续发展。

在京的外国友人

京城里，除了内地族群外，外国友人多年来在京生活，事实上也已经成为重要一环。外国友人的停留时间一般多为短期，但总是人来人往，川流不息。总人数的不断增加，也为这个偌大城市的不同风貌，带来一定的影响和创造性。

外国友人的生活方式，一般还是保有原居地的特色，因此也为诸如使馆区三里屯一带，增添了许多异国风情，像是为京城开了一小扇世界之窗。

外国友人像是来京的客人，对于外国友人，京城其他群体基本上是热情、善意而欢迎的。比起打拼族来说，友人的心态上更多了一些惬意悠然，为生存压力打拼的冲劲是不显著的；而比起北京人群体而言，则多了些作客北京的轻松自在，无所谓认同于圈内圈外的心理制约。而生活方式中本就重视娱乐休闲活动的外国友人，无形中却对京输入了酒吧文化和各国美食文化的时尚元素。尔后再糅合了在京其他群体的特色，形成了具有北京独到风味的酒吧、美食以及时尚文化。川流不息的外国友人，不断游走更替，也使得异国风情和北京风格的融合，持续地变换与演进，最后反倒成为现代北京的一大重要特色。

多元文化融合

在京的不同群体，在群体内有着各自的心理结构逻辑和文化风格。在群体间，也从彼此共同生活和相互交流中，渐渐产生文化融合后的复合物。就此而言，可以说与世界上各大都会城市特点相仿。任何一个国际型的大都会城市，多元文化融合都是不可避免的趋势。

但在这个融合的过程中，在京打拼族或者其他外来群体，与那些几百年来已经习惯皇气式生活的北京人之间，是某种跨越不了的鸿沟？是活在一个城市的两个不同世界？还是不同群体间已经以某种方式，相互统合了？

不同群体间的"他－我"界限，肯定还是存在的。而群体间文化和心理结构的相互糅合，也是正在不断进行的过程。这个过程，随着时间的经过，在慢慢扩大，慢慢发酵，相互融合的包容度越来越宏大，越来越成熟。京城真正的现代化，事实上，是在不同群体心理结构与城市生活样貌共同作用的平台中，协同演变而渐进发生的。京城的现代多元面貌，也以此为核心渐渐发展出一种新的格局。

因此，京城生活的方方面面，工作与家庭、休闲与心灵、以城市交通为核心的变革、经济生活消费习惯、Neighborhoodlife，乃至国际化、教育、政治、市场观念的改变，从表层看，跟这十年经济发展、社会制度等的巨变息息相关，但是在这表层底下心理结构的变化，可能是端详北京时需要更多加关注的层面。

定义京城的现代化进程，与其说是城市硬体建设的创新，不如说是京城族群心理改变的轨迹。若以此作为评判的标准，京城的转变存在着不同层次。转变的速度，快中有慢，慢中有快，是更为丰富多彩的层面。

十年前 vs 十年后

十年来，城市面貌和城市生活基本逻辑的变迁，说实话，早已颠覆了十年前一见钟情的形象，至少是不可避免地，在观光化和现代化的过程中，混沌了那股来自历史底蕴原始的清香。曾经的那种直入人心的魔力，让人在她怀抱中不禁安静下来的恢弘之气，似乎仍能在某些静止的时刻（moment）隐约嗅着、碰着，但也已被现代化城市面貌彻底颠覆，而不得不稀释了。

然而，奇妙的是，那股如塔一般的北京式傲气，十年来，仍能轻易地清晰地随处可见！特别是在公车上，在老城区的胡同里，在居民区的大院小阁里。十年来，面对这股塔式的傲气，已经能感到像自家人般的亲切和安全。

常常在北京的大街上走着，已经越来越难从繁荣十色的市容中，找到当时被北京气势触动的蛛丝马迹，在那些已经变成知名观光景点的老胡同里，也几乎是被改造得喧闹而面目全非。

那个曾经那么触动我的北京在哪儿呢？可能，还是在北京人的面孔和眼神注视中，还能有些足迹吧！城市经历了巨变，心理结构也在渐变，但是某些核心底层的特质，却仍然鲜活存在。

作为在北京十年的台妹，身上一半带着从台湾而来的，宛如基因般根深蒂固的记忆，一半受到北京这个丰富多彩世界的熏陶，有机糅合成对两个不同文化皆属独特的某种中和特质。她的使命，该是作为两岸深度交流乃至融合的一座桥梁。

吕家淇

4 号线，开往……

　　走过 20 个国家、140 个国际城市，吕家淇，一个设法用眼睛、用文字、用照片留下自己美好回忆的梦想者，有点不切实际，有点异想天开，有点太过乐观却又有点大悲天悯人。最喜欢一个人的时候，让自己在小宇宙中放纵。在台湾一个多雨的地方出生、成长，在北京燕园中，体会首都的广阔。

我刚来北京时，还没有4号线

第一次扛着行李、坐大巴傻傻地到国贸的肯德基，等着朋友上门来认领我时，那是2007年。奥运还没开始，鸟巢、水立方还正在尘土飞扬中等着揭露面纱，众人企盼着2008年奥运赶快到来，世界各地正风风火火地报导着进步飞快的中国京城。

坐着机场大巴往南走，从荒芜的机场外围进市区，我讶异着北京这座城市，到处都是拔地而起的高楼，主街道笔直宽敞，商场大厦一间比一间豪华，这座古城俨然像变魔术般瞬间换了面貌，当时还不知道这些斜着盖的楼是什么东西，只惊叹于像这样的建筑也在北京落了脚，和西方的大城市走在同一个步调里。

我顶着40℃的高温，在2007年的北京，靠我的好友霍达带着我，走过故宫、颐和园，在北京当着观光客。那时1号线的地铁让我见识到北京的人挤人，车门打开和关上，人群就像马蜂一般，用

曾经，只有三条线的北京地铁

当时还在建设中的中央电视台新址

极高的密度的风扇轧轧地吹却扇不出一丝凉意，还没意识到举步，就已经被前面、后面的人们顺着人潮给推上车，或是毫无心理准备地把我推下，被落在某个不是目的地的月台口。

还好，那时候有霍达的家人带着我，我永远都会记得，那天到霍达家时的晚餐是牛肉面，碗上满满的铺着牛肉，看不到底下的面，霍达妈妈那句："回家就是要吃牛肉面！"让我暖在心头，北京瞬间不再是我生命地图中某个中途车站，就这么在轨道上筑起了一个避风港。

2008 年 5 月，再扛着行李到北京，我已开始准备申请北大研究

四号线地铁

4 号线，开往……

4 号线"北京大学东门"站牌

生，那时一个人住在 2 号线积水潭站附近的青年旅馆里，每次从旅馆走去搭地铁，闲散的和低矮的胡同擦身而过，吹面不寒的风让杨柳条儿款摆，一段短短不过 10 分钟的路程，在路旁闲坐钓鱼的老翁或是正在枝头绽放的桃花总让我不得不慢下自己的脚步，一同沉醉在北京这最适合人居、最舒服，可以尽情地伸个大懒腰的春天。

9 月，我搭着 10 号线到北大上研究生

奥运已经办至尾声，残奥只剩几个项目就告段落，离北大最近的地铁站，那时还是 10 号线的海淀黄庄站，从北大西门搭公交车，快则 10 分钟，慢则一个小时，如果从北大西门搭公交到西单，则要一个多钟头，我们就像是地处偏远的乡下学校学生，离市中心那么遥远，就像自己在北京时，总觉得自己和擦身而过的人们格格不入，遥不可及。

2009 年，4 号线在我们引颈期盼下终于通了。我站在那个离我们最近的月台上，淡蓝色的地铁站名写着"北京大学东门"，踌躇许久，这是我第一次跟一个地铁站搭上了关联，像是自己成了这个

站的一份子，也被纳入了这个城市一样，有种"我也属于北京的一部分了"的、从胃里升上来的归属感。

踏上了这班车，只要 20 分钟就可到达西单，不再需要从 13 号线走冗长至极的通道、经西直门换 2 号线，原先出门就感觉血管阻塞，进个城要花上大半天的郁闷，瞬间流通了起来。这有着香港血统的 4 号线，月台干净、车厢灯光明亮、有着空调调节温度，而我在这条地铁线，走走、停停，上车、下车，隐入和我外观一点差别都没有的人们，却带着一个旅者的心，想要透视这个我待了三年的北京。我不懂自己还离这个城市有多远，也不知道自己骨子里还存在着多少亘古至今的血液，但随着四号线的摇晃，我眼里望出去，和我并肩坐着的北京的人们，互相依偎的情侣、带着孩子的家庭出现的点滴温暖，也刷洗着我心中那份怀念台湾的孤独，让我翻开手里的简体书也能读得津津有味，沉沉地在北京瞌睡着，瞌睡着。

4 号线，开往：北京大学东门站

在地铁上，睡着睡着，醒了。

港澳台学生都跟一般大陆学生一样，分配到一样的宿舍里，住在一块儿，睡在一块儿，身为燕园一份子已经看过两回秋叶掉落，换了第二任室友，第三年的北大对我而言，台湾学生都得好好适应的三堂必修课：澡堂、食堂、课堂，在我身上已经没有适应不良的问题，而燕园也多了几分家的感觉。不管是自己常走或是偶尔兴起

黎明中的北大西门，没有人潮，没有车声喧哗，只有恬静清新的颐和园路陪伴着早起的鸟儿

闯进的小道，都有他们四季独特的风貌，不同季节经过，会有不同的感受，因此我总随身带着相机，深怕错过了哪个转瞬即逝的景象。

而我曾在清晨五点沿着未名湖边拍照，一边磨炼自己拍照的技巧，一边想着在清晨时分探探险，看这个时间都有什么人在学校里转悠。在台湾，大学的老师们总是跟我们说，北大学生在寒冷的冬天，早上五点多就会在图书馆外排队等着抢图书馆的位子，让台湾学生们对于大陆学生的用功程度心生畏惧；还听说有许多人在清晨时会拿着书，绕着未名湖吟诗朗读。也算是一种"亲身体会"吧，好想知道这些在台湾流传已久的"北大用功传说"是不是真如教授们所说那般。

套件外套骑着单车离开宿舍区，天色还暗着，平常堵得动弹不得的颐和园路这时却是安安静静，连经过的车都没有。故意逆着车道而行，享受一下叛逆的快感。牵着单车进了西门，平常人来人往，有学生有观光客，这时只有半面门开着，供一只手就数得完的人们经过。人说夜凉如水，在北大，春天的清晨也舒服得让人通体舒畅，清新的好空气，安静无比的校园，只剩下自己和自己对话，自己和学校对话。我下了车，慢慢踅步，任清晨微凉的空气缠绕身体。

想到 2010 年 3 月 14 那场雪挠得我心痒，让我出门追雪，那时枝条上还积着满满白雪，冷风一吹，树枝还抵抗着摇摆几下，最上面那些抓不稳的雪块像瀑布般掉下；可现在，同样的树丫上，已经开满丁香和玉兰，根本就认不得了。不像台湾的花开得"保持距离"，总是错落着开，北京

两年来，我总会在春季挑个晨起的时候到未名湖，那时候只有鸟儿。而那些总是怕人的动物朋友们，它们在这样的时候是最轻松的，没有什么防备，也只在这样的时候，我能够摒弃一切世俗的烦恼，让耳朵里全部充满大自然的声音

的花也像是在北京的人一样，总是在小小的一片地儿上拥挤着，非得要好多花儿开在一起，发挥"数大便是美"的审美观，像是合唱团排排站着大声唱和，有人喜欢台湾那种小而美、每朵都开得各有空间变换的样貌，也有人就认为在北京这种"大气"开法，才正是彰显着美感的唯一指标。无论客官喜欢哪种，在两个月之内的眨眼变幻，在乍暖还寒之际，送给起早的人们如此盛开，我还是抱着欣喜和感激的。在满心感谢之余，只能拿着相机猛拍，设法在这个小长方盒儿里，将北大最美好的一刻留下。正构筑我的"世纪大片"时，一个童言童语带着笑声远远而来，看着是一个年轻妈妈带着小儿子在晨间散步，走近才发现男孩身上也背着一台单眼相机，大概

这是第一次，我在博雅塔旁看到太阳从东方升起的阳光，和煦地映在湖上和早起人们的脸庞上

才四五岁的年纪，居然懂得用单眼照相，原来来的不是个小童，而是个小小"摄影同好"，如果从小也能这样培养美感和摄影技巧，想必我早就是个国际摄影大师了吧。

往未名湖边绕去，盛开的花一路相迎，原来起早是如此舒爽的一件事，享受整个园子里只有你一个人穿行的感觉，发梢被微风扬起，连空气都像是特别为你设置了一股玉兰芬芳，缓缓闭上眼，我只敢轻轻地一口一口、慢慢把沁鼻香气吸进鼻腔，像涟漪一般地穿越整个身体，那时候常常心情不好的自己，在春天的抚慰下，还能恬静的从心底放出微笑，我的心，请静听世界的低语，那是他在对你诉情啊。或许，是一种洗涤。湖边虽没有吟诗作对的学生，倒有

未名湖倒映着的博雅塔

晨起运动的老先生老太太边走边笑着聊天，我走近湖水面，用手掌轻轻拨着未名湖的水面，莎士比亚曾说：黑夜无论怎样悠长，白昼总会到来，而我就这么待在湖边，看着朝阳从博雅塔边擦身而过，以往只能看到博雅塔被西边照来的夕阳映得晕黄，却没想到，和朝阳相伴的它也能染上一抹害羞的嫣红，映着亮蓝色天空的湖面上、晕成光圈的浅橘色倒影，再难受的心情，也被阳光拂去，Have a nice day, and every day。

　　沿着一排直立的银杏，把车停在图书馆南门。图书馆外没有排着长龙的学子，倒有辛勤整理自习室的年轻女孩刷洗地板，还很静谧的阳光大厅，洒着一地光辉，不到七点的时间，我站在二楼边

你曾停下脚步，好好观察过身边的片片落叶吗？它们的排列、它们的状态，它们黄得让人疑惑是谁给染上的那抹色彩，踩到它们时的那声碎裂，竖耳倾听吧

上，再过不久，这里就会有学子来往穿梭。北大的学生或许真的念书认真，但老师们拿来吓唬我们的谣言，我想，也只会出现在考试前后吧。出了门后，南门外那翠绿的银杏树，阳光正招手呢，学校的银杏树，真是美极了。

　　夏天的飘鸟，来到我窗前歌唱，又飞远了。

　　秋天的黄叶，没有歌唱，只一声叹息，飘落在那里。

——泰戈尔《飘鸟集》

　　秋天的北大，到处都黄成一片，走到哪里都可以看到金黄色大道，树木像似渴慕的大地翘盼着天堂，银杏叶落在路上、落在肩上、落在脚上，散落的到处都是，枫红更是让我们这些生长在树叶常绿地区的孩子们望得痴傻。我到了这个季节，就算只是到食堂吃饭，也一定要带着相机，因为根本不知道会不会在哪个转角就遇上一棵黄了的银杏，像旗袍一定得量身订做一样，浓纤合度，多一分太多、少一分太少，当它不够黄时还像是乳臭未干的丫头缺了风韵，但一阵大风起，马上就把满树银杏吹得光秃，让一排树直奔更年期毫无魅力，只好常常出门，期望能不能运气好的遇到正好的美景。我和同学曾经花一整个下午在西门旁的小径拍照，有已经深黄的、被冻红的、坚强着还带着抹绿的叶子张牙舞爪地爬了满墙，不管是单眼还是小卡片，怎么也无法把这一切给拍得完整。

　　本该是写作业的日子，常常抛下已经迟交的作业，走走停停地拍，特地绕远路追叶子，有些时候骑车，有些时候步行，有些时候是温顺的秋风徐徐，有时候是刺骨到掀起帽檐的北风，但我已经习

惯轮流闭上一只眼睛，去寻找这世界的转瞬即逝，逝去的幸福太多，所以，一点都不想要再浪费这一点一滴的美好。

当风起时成群成群的树叶舞动时，那种沙沙声听起来真像下着大雨，站在树下，也是偷偷期盼着能突然来阵大风，等待一场缤纷，呵呵，不过你知道的，上天偶尔就爱逗我们，平时一点风都没有，让你仰着头发酸，决定要回宿舍上车后才开始吹着风；要不就是在你深夜熟睡时拼了命地刮下整座黄澄，让你晨起时看着枯枝措手不及地发愣，车轮下已然残缺的叶片还嘲笑着我的贪眠。

从西门牵着车进北大后重新踏上踏板，没有人走的小径边铺满还没被清理的落叶，有红，有黄，我把车顺手扔在一旁，设法在这

片片黄叶中，一朵小小的蒲公英轻巧而优雅地生长着

团毫不刻意中找出某个完美的角度、记下这个没办法在台北看到的景色。学校里就是这样，不管是北边的树林、平常经过篮球场旁的小道、静园旁那六个院落，或是宿舍区那些飘着银杏叶的小路，一块小角落，就足以把我牵扯着，凭着它短短十分之一秒的一瞥，就轻易地把我狠狠拉着不放，怎么也不让我离开。秋天在静园踏进满园金黄的一院，传统的屋子，深红上落着亮黄，画面和谐得像一搭一唱，连落满叶子、摆在一边的废弃单车，都能成为令人驻足的画。风一起，片片黄叶就随风飘落，有些轻一点的叶子还是旋转着、旋转着，或是摇着它的小屁股左翘右翘（北京这儿的形容应该叫作"屁颠屁颠"）调皮地晃着，不情不愿地在你肩膀上稍稍停留，又急着落下跟同伴们一同把原是柏油的深灰色路面铺成一块走上去就会听到叶片碎裂声的黄色大地毯。站在树下的自己不禁望地痴了，不管快门怎么调，都没办法跟上落叶的脚步，拍不出那个美，拍不出那个气氛，只能耽溺在那一刻，把这些刻在脑海里。记得尼采说过，人要么永不做梦，要么梦得有趣。人也必须学会清醒：要么永不清醒，要么清醒得有趣，我，这是在梦里，还是在现实中呢？怎么又像梦，却又让人觉得如此开心……

拍着拍着，饿了。

北大那么多个食堂中，我最爱上燕南去。燕南食堂在百年讲堂北侧，离我们学院走路也就两三分钟，两层楼的食堂小小的，下层有各种食物档口，四川、福建、面食、饭类随君挑选，上层只有四边是餐桌，中间则挖空了直接跟下层连在一起，构造就跟以前的客

一碗牛肉面

栈一样，算是挑高吧。

　　因为占地小，附近的学生又多，每次到吃饭时间总是人挤人，上边没位子，大家就在下层站着吃，打了饭之后往后一退、往边上一站，就是今日用餐的独家位置。若到其他食堂用餐，我偏好挑少人的时候一个人安静低头吃饭，但我特别喜欢在这人声鼎沸时到燕南去，一方面期待着若有位子时能为自己的好运沾沾自喜，另一方面又享受着没位子时跟同学围在一块吃饭的感觉，而我更多一点的是喜欢站着吃，别的地方可体验不到，这是燕南特有的味道。

　　第一次去燕南应该是研一时和同学们一块儿去的。每个人的饭都装在一个浅铁盘里，放在深红色的托盘上，再搭一双同颜色的筷子，便是燕南食堂的标准。大多人都只捧着铁盘，这样站着吃也方便，放眼望去就是一个个拿着盘子吃饭的人们。我是个面食爱好者，而这里的炒饼和炒年糕都是我喜欢的味道，加上在台湾没有的陈醋，看着醋从窄窄的塑料瓶口滴出洒在炒饼上，啊！一边写一边冒着口水，真是回味无穷！在之后几次吃饭时，我的同学友航跟子瑜俩，带着我买了一份"干烧肉"，红烧过的猪肉，配上单单水煮过、没加盐的白菜。那次我们仨挑了个靠墙的地方站着，一边吃、一边聊。第一口单吃肉，那是一个咸啊！第二口加了白菜一块吃，似乎好了些，几口饭、几口肉、几口菜，却让我爱上了这个味道，台湾并没有这样做法和口味的菜，但这却是非常"食堂"的一品，像是我在北京的每个回忆，一开始是又重又咸，但是让人有着满满的回忆，咂咂嘴仿佛口腔里被那种丰富又浓厚的滋味充满着，让人被逼着正视它。

只要不是冬天，燕南连到图书馆的小径上都会坐满了人，外国留学生总爱集结在此用餐，乍暖还寒时，这里总挤满想抢先体验春天的学生们，大家企盼身后那些已经被冻了整个冬季的枝丫们长出新芽，或许这像是台湾在四月间，大家从四面八方蜂拥而至垦丁，参加春天呐喊，释放被冬天给闷坏的身体，我猜燕南外的这小径，也算是北大感受春天的"摇滚区"吧。在这里坐着吃饭不像其他的食堂喧哗嘈杂，你能感受气息的流动，旁边的小道是大家经过最频繁的区域，捧着饭看着三三两两穿梭，有一口没一口的呷着，或是三口两口狼吞虎咽，都能让自己在春日夏季秋阳中享受一顿午餐，或许这也是我如此喜爱燕南的原因吧。

北大的秋天，黄叶落下，浪漫无比

4号线，前往：北宫门

北京大学东门站的下一站就是圆明园，隔着西苑站后的则是北宫门站，我常想着借取在这屹立了如此久的园子来为如此新颖的交通站点命名，真是一种很特别的组合，在新旧交替之间，却有许多"Old is new"迸出的新火花。但当然也不只有这两站是如此，北京的地铁站名有许多都足以让人慢慢咀嚼。用着"灵境胡同"这样的站名，出站会像陶渊明笔下进入桃花源一般的仙境？还是在"陶然亭"下车，心情也能变得飘飘然呢？在北京，像这样新老交汇的例子太多，有些可以完美结合，有些就像青春期遇上更年期，需要许多时间调适，虽然许多胡同慢慢地凋零或改建，但还好有许多古迹依旧被保存下来，还能让我们在闲时可以到处晃晃，感受一下过去的气氛和时光。

说起北京的古迹，故宫、恭王府、颐和园、圆明园、天坛、地坛、景山、北海，甚至连学校都是皇家园林，真要数，这几代首都留下的遗迹真的是数也数不完。我只去过上述那些地儿，各有各的特色，但最喜欢的还是颐和园。以前总觉得颐和园和圆明园只会出现在历史课本里，清朝历史一直都没背熟，皇帝顺序也只记个大概，除了康雍盛世，很多细节都只是为了考试而用，没想到，自己能有机会离它们那么近。我还记得皇帝们在课本上的画像、这些园子在历史课本出现时的画面，对那时的自己而言，真的就是一去而不复返的"历史"。而现在却可以兴致一来，就随时跳上公交车，几站地就到达，走进曾经离我那么遥远的地方，甚至连学校的地图，都可以出现圆明园一角，就像错置在时空里。

在北京令人疯狂的春天里，北海公园的硕大的白玉兰

而颐和园，这个离学校花两毛坐公交车只要三四站地，门票也不贵的地方，随四季改变像是四个园子，去了四五次都逛不完。它的东西南北各有美景，错落的院落、华丽的石舫、蜿蜒的小道、壮观的长廊。我曾在颐和园看丁香、看玉兰、看荷花、看落叶，还没收集到的是积雪厚厚；春天坐在石头上啃面包，和松鼠大眼瞪小眼；夏天和朋友坐在长廊上一边喊热，一边吃棒冰；秋天挽着妈妈的手散步，说着谁谁谁家的八卦。颐和园之于我，是我的北京回忆中很重要的一块，有好多美好在此发生，让我每每想起都能挂着满脸笑意。

但不管四季，这里唯一不变的，是不管何时都人满为患。有两次的颐和园行是跟着旅行团去的，说实在那真的不该说进过颐和园，就兜着东边小小地转一遭，前后不到一个小时的时间，排队在景点前照相，还得在长廊上人挤人，真的看到什么了吗？成堆的人头绵延到天边，我想是"真的什么都看不到！"那两次的颐和园经验都十分不好，导游一路催着，我们一群鸭子只得拼命往前赶，两只手像蹼一样的拨开挡在前面的人群只为了看那么一眼，或是拍到一张照片，来不及抬头看看颐和园湛蓝的天空，来不及感受杨柳抚面的感觉，远远看着十七孔桥却没时间踏上，不但是没办法拍到美景，连出来玩美滋滋的心情都给弄糟了，说不定，连一边石墙上的装饰是莲花都没发现呢！

颐和园还是得花上半天以上才能稍稍窥探其貌，我去了那么多次，每次三四小时，还没办法逛完整个颐和园。第一次去颐和园时

北大对外汉语学院外的花，粉白花蕊，美丽、芬芳。我总是无法透过镜头拍下它的姿态

正值盛夏，满塘的荷花开得绵延，因为观光团极少沿着湖走那么远的路程到西面来，偌大的一块就只有我们在，虽然炎热不已，能够看到满塘荷花却非常值得；而之后一个人单独去的颐和园是在飘满花香的春季，顺着小路尽往人少的地方钻，那时候的颐和园像是个穿着鲜绿华服，上面点缀各色花样、安静地握着绣帕闲坐的格格，微微低头、散发着香气，你没办法不注意她的一举一动，那时候的颐和园，才能真正叫作有魅力，可惜上山者少，外国人也没见几个，那些千里迢迢而来，却只能在这皇家园林看人头，以为颐和园只有长廊的观光客，真的糟蹋了这片美好。之前去圆明园、恭王府时，也是大堆大堆的观光客，在圆明园的迷宫里，大家还得排队前行，前面的导游不知来过多少次，领着大部队就直通中心，看得我们想挑战迷宫的玩兴尽失，或许挑个非假日时间，人少时才能慢慢感受旅行的闲情逸致。

如果，当一株开花的树，需要在佛前求五百年，那遇上一株开花的树，需要多少潜心祈祷？

春季。我在夕佳楼前拜倒在一株盛开的白丁香下。那天是北京少有的湛蓝天空，云朵柔白细嫩，阳光透过叶子闪着金黄色的光芒，在石板地上钉上一个又一个过客的影子。不太热、不太凉，薄薄的外套罩着我，阳光打在身上更显温暖舒适，光绪十二年重建的夕佳楼，登楼可望夕阳，美景在望而谓"夕佳"，身边旅行团不断擦身而过，大家忙着关注被囚禁于此的光绪，忙着关注那块败家石，拿起相机对着这株丁香的，寥寥无几，顶多抛下一句"好香

含芳吐蕊

啊"，就急急忙忙拔腿去追着导游肩上那面小旗。这株丁香她放肆地开满了整树的白，已经长出的绿叶透着阳光，嫩绿嫩绿又像染了金黄，就着天拍花瓣就沉入了云里，往廊檐拍阴影又黑得让整个画面都泼上了墨，树枝恣意得生长，叶子和花苞就像意思意思随便撒上，整体看非常丰富，但真要挑出一部分，在片子里留下什么细节却是十分困难。举着相机，我蹲着、坐着、趴着、躺着，绕着那棵丁香打转，祈求她可以跟风稍加配合，微微身弯留我一个倩影，许我一张构图完整的照片，无奈快门开开关关，却没一张能看的。才怪罪她难拍，鼻间又硬是被她任性塞满了香气，她当然不是我拍的第一株树，可却刁蛮得让人印象深刻，让人不得不留恋不已。不管是衬着夕佳楼，还是搭配北京的蓝天，都是一幅幅美丽至极的图画。

沿着玉澜堂旁的小径往后山走，或许大家本来就不爱爬山，而这也不是旅行团必经之路，越拾级而上，嘈杂的人声就离得越来越远，石板梯上的人也越来越少。回头一望，才没几步的距离，整片院落都在脚下，片片砖瓦排列整齐，从屋脊顺势而下，两边房舍夹着人迹罕至的小径，树下一只松鼠正抖着他的小鼻子找东西吃，见我慢慢靠近，就往花丛里钻，过一会又跑出来懒洋洋地晒着太阳，绿得扎眼的草丛反射着阳光，紫色小花摇曳，看松鼠一下自由自在，一下又高高抬头远眺着什么，我也跟着坐在一块能看到部分颐和园的石头上，仰头让风穿过头发，下午，就该这样悠悠闲闲地挥霍光阴，真是好不惬意。

拍着拍着，随意地席地而坐。我拿出北京的果子面包，一口干粮一口水地配着吃，手里一边按着数字相机里已经拍下的照片，思绪也一边跟着风缠绕树叶的节奏胡思乱想：或许北京最吸引我的地方，不是建得富丽堂皇的购物商场，不是赶流行的电影院，不是潮人靓妹光顾的夜店，我喜爱的北京，可能只是一面胡同沾着灰的砖墙、一株在某个廊檐下开花的树、一个从食堂吃完晚餐出来撞见的发亮的大红灯笼、一个滚着茶叶蛋飘着香气的大锅、一辆老先生载着老太太缓缓经过的三轮车。一个人安安静静坐在学校

北海公园的玉兰，透过光看如此美丽

里的面食部，吃着 4 块钱的炸酱面，看着来来往往的单车，也让我觉得安心自在。新建筑的拔高而起虽然象征着更加国际性、更有竞争力，但还存在在市井小民里那种淡淡却随处可见的氛围，是不管在纽约、伦敦、巴黎等各个世界都市都看不到的那些，才是我愿意驻足之处。所以我站在树下拍照，我站在路边拍照，我吆喝朋友们一起站在砖墙前，用 1 和 0 填满我的记忆卡，留下尚未崩解的断垣残壁，留下虽剥落但却依然闪着亮红底儿和金黄字的春联。因为我害怕再过不久，这些老地方就成为崭新的公寓，没有人记得那片砖墙后，走过阴暗小道里阳光再度洒落的胡同小院，没有热水、得上公共厕所的不便，随着现代化离去，但旧时的欢声笑语也可能跟着冲水马桶的进驻而顺水流入下水道中，再也不复见。

回头想想，其实在北京的各个景点里，都拍过花，我都爱拍花。在颐和园里，夕佳楼前的白丁香和益寿堂的紫丁香；在北海公园时，远远就飘来的玉兰花香；在圆明园不小心走错路，看到小丘上恣意开放的樱花；在景山公园时，下山巧遇的那团黄；在旧学院

如果白、黄、红、绿有千万种组合，我想，这样的配色，会是最动人的

前，那唯恐不够华丽和大气，而拼了老命绽放的桃花；还有，在图书馆自习时，从窗户望出去的满眼满眼、爬满整座建筑的绿。我们活着只为的是去发现美。其他一切都是等待的种种形式。张爱玲曾说："于千百人中，遇到你所要遇到的人，于千百年中，在时间的无垠的荒野中，有两个人，没有早一步，也没有晚一步，就这样相逢了，也没有什么可说的，只有轻轻地道一声：哦，你也在这里吗?"或许，我现在已经在第三个北京的春天里，碰巧遇上一株盛开的花时，也能问：你也在这里? 这里的春天，除了真的能实际感受到"吹面不寒杨柳风"是把整个冬天累积的能量一下子全爆发出来，能一朵花开的空间都努力的开出三四朵花，一时万紫千红，百

春有百花满枝头，而秋，则有黄叶落成堆

媚千娇，当你好不容易习惯于冰冷的空气，结冰的水面和空空如也的树枝，春天就这样硬生生把你习惯于冬季的印象拆解，把黑白猛然泼上色彩，我曾在二教前看到一株樱花盛开，那是我第一次这么深刻的感觉"啊！春天来了！"能成为一个多么欢欣鼓舞的兴叹，抛却一切寒冬的厚重，刮得脸都痛的寒风，就算是弄得满身都是柳絮，但若能换来骑单车时那凉爽的快意，轻松的心情，真是非常值得。

4 号线，前往：西单

初到北京时，我们这些从来只说前后左右的台湾学生，都得经过一段方位的"适应期"，当

秋叶之静美

跟路人问路时，他们回答东南西北时，往往都只得愣在那里，或是还得问问"哪边是东边？"在北京待得久一点的人都会跟我们说："北京就是个方方正正的城，路也是方方正正的开展，所以东西南北一点都不难认。"看他们说得如此轻松，但谢过路人的我们还是只能在原地瞎猜方向，后来学

会看路标指示，发现路牌上都会写着往南往北、往东往西，无疑是我们的救星，搭配上可以上网的手机，久了之后也开始能辨别方位，说起东西南北一点都不含糊，熟练到连回到台北，也常跟人说往哪个方位走，反而搞得台北人一头雾水，而同行的好友们往往就会笑成一团，不能自己。

中轴线和长安大街把北京城划成了四块，而各个环又把北京分了一圈一圈，虽然沿着1号线都十分热闹，王府井从头到尾都是商店和华丽的现代购物商场，对学校位于西北四环的我们而言，离我们最近的市中心就是西单了。2008年还没有4号线时，我们得先坐公交车，搭10号线到知春路转13号线，再到西直门转搭2号线，从西直门转2号线的路在火车站还没弄好前，必须要上上下下，在地底钻来钻去后，还得走到路面上、沿着被切割的排队路线走，再进入地底才能到达，每次走这段路感觉就像翻山越岭，明明还在车站内，但却像是已经又自己走了一站地铁那么远，而学校门口的808路汽车（现在已经改为608路）能够从学校直接到西单，所以我们也试过直接搭公交车去西单。

第一次搭808路是2008年的十一假期，从离开宿舍就看到非常多的人，西门外满满的都是来自外地的观光客。我们上了车，但是到达西单，已经是一个半小时后，炎热的天气和假日的塞车，让车上的大家都十分不舒服，有些坐不惯公交车的人还被晃到吐，还好自从4号线通了之后，到西单不需换车，只要20多分钟的时间就可以从北大东门到达西单，顿时方便很多，我们再也不用嘲笑自

己像"乡下人要进城"了。第一次到西单，满满的人群中全是放假的人们，台湾每年只有跨年时会有那么多的人同时在一个地方。我站在西单的天桥下往两边的街道看，人行道上摩肩擦踵，许多人跑着就怕错过公交车，开着门的车前扇状的挤满等着上车的乘客，穿着黄色服装的引导员吆喝那些快从站满人的公车站掉下来的旅客，放眼望去，全都是人，这

穿行在北大校园中

才真的能体会地广人多时会是什么个景象。天桥上的群众们总是急着前往目的地，有各种各样的人们，提着公务包的先生、抱着穿开裆裤孩子的妈妈、互相搀扶的老夫妇、几个穿着制服笑闹而过的中学生、光鲜亮丽踩着高跟鞋的小姐，只有我一个站在天桥上时，身边的人和脚下的车，全部都像是水流一般毫不停歇。

　　要看一个地方是否有竞争力和消费力，通常看他国际品牌进驻的程度就可以知晓，西单有各式商场，挑高的建筑，大的惊人的展场，ZARA、Uniqlo、Muji、H&M、AppleStore 都在西单设有专卖店，许多牌子在台湾根本还没有呢，国际大牌在北京的旗舰店也是富丽堂皇，显现出北京惊人的消费力，这里和伦敦的 OxfordCircus 几乎

不相上下，然而每个假日的人潮都像是 Boxingday 一样令人惊叹，虽然东边有三里屯，但离我们最近的还是西单，如果突然想摸摸当季最新商品过过瘾，通常就必往西单这儿走。不过大陆的进口税重，我原本去过几次商场，但价钱真是贵得吓人，好几次原本都打算买化妆品，却都还是因为价钱却步，想起一瓶乳液可能就要许多人半个月的薪水，能够消费

落叶铺就的金色小路

得起的人真不多，在这里只是感受一下北京消费的气氛，看着橱窗眨巴眨巴眼睛，体验越来越好的服务态度。

不过有意思的地方不是那些闪亮亮、装潢高档的商场，我觉得有趣的其实是西单明珠一带。这和附近富丽堂皇、名店林立的商场不同，街边有些非常有特色的理发店，像是大型一点的槟榔摊，店面用大片的玻璃窗装饰，从外头就可以看到里头洗发、整理发型的人，墙壁多是深色、黑色，配上荧光红、荧光黄、绿色等家具摆设，十足鲜艳，也十分吸睛，许多头发染着跟家具一样鲜艳的年轻服务员，站在外面大声招揽客人，拉着来来往往的人们进到五光十色、充满街头风格的小店里理发，各家店面无不使出特色招数，把

北大生活中，不可或缺的自行车

店内音响扭到最大声，短短一条街就充满特色风情。

而西单明珠和台北西门町的万年百货类似，推开厚重的大门，穿过大门边卖饮料的小店，里头隔着许多小店面，卖着首饰耳环、生活小用品、衣服、鞋子，在里面可以找到各式各样的东西，和附近百货商场里的价格一比非常亲民。这里和动物园服装市场一样，我很爱来这里淘东西，有许多款式新颖、价格便宜的衣服，因为店面多，所以还能比比价，一次还能把从头到脚的行当全给买齐。我在这儿买过衣服、耳环项链、鞋子、行李箱、运动裤等等，还在这包过手机的保护膜，在这儿买些小饰品，要带回台湾送人方便又便宜，只是在这儿必须要各凭本事，靠自己的杀价能力，才能用便宜的价格买到最实惠的东西。

在这买东西，没办法用台湾腔。大家看多了台湾节目，我们一开口说话就知道我们是台湾人，2008年刚下机场大巴时一个人打出租车，才上车报目的地，司机先生就问说我是不是从台湾来的，遮都遮不住。许多朋友告诫要买东西时千万别让人听出自己是外地人，免得被当着是不知道市场价格的肥羊，被抓来痛宰一番。一开始还十分害羞，只好听听身边也来买东西的人都怎么杀价，最后得到什么样的价钱，刚学着模仿他们的腔调时，明明是普通话，却怪腔怪调的，不但自己听了别扭，同行的同学们都笑得乐不可支，说我们台湾人真的是"特逗"，一开始还不知道什么是"特逗"，原来自己被取笑了还愣头愣脑的。另外在这里，我们平常说的店员、柜姊，这里叫做"导购"，许多用词和腔调都得好好琢磨，免得一不小心就漏了馅，这一进一出，打着攻防战，真是用尽心思，虽然只为了可能就不到五元的价格，但得到的乐趣却是远远高于这价值。

就算只是站在旁边听也十分有趣，看商家如何守住价钱、顾客如何设法拿到最便宜的货品，如果有空站在那久一点，听到顾客高超的砍价能力，真是令人瞠目结舌。我常常被人说，看我讲话或在学校里生活，就像是在看一部来自台湾的连续剧，而这时候可能角色就相反了，在我面前上演着最生活化的北京生活，人们是这样买东西的，虽然后来上淘宝后就少在实体店面买东西，偶尔在街边看到喜欢的东西，要喊喊价

冬天的雪后美景

时，那时的印象就回突然回到脑海里，想要学着他们的技巧，似乎也能更接近这里的交易方式一些。

附近的西单图书大厦也是我非常喜欢的地方。之前一个人来北京面试时，有空闲就到这里。当大陆人到台湾必去诚品书店，看店内温黄的灯光，大家或坐或站的安静看书，捧着书感受在书店里度过一夜的气氛，感受在身边流动的那股氛围时，我们也爱逛逛大陆的书店，感受其中的不同。大陆的书店大多打着白光，有些地方光线还不是很亮，但一层又一层的丰富图书令人目不暇接，各色各类的书籍、语言教材、小说、杂志等等，能够密密麻麻地摆上好几层楼，只要能想到的类别都能在书店里找到。虽然部分印刷不是非常精致，但是低廉的价格让阅读的梦想更加亲近，能够选一本书，找到一个小角落，就可以撑起一整个美好的午后城堡。许多爸爸妈妈带着孩子来逛书店，听到孩子们的童言童语，看他们认真地用小手翻着童书故事，仿佛世界就纯净得没有一点污渍。不过走到教育区，许多如何考上北大清华、出国到牛津剑桥的书籍，显示了大陆地区对于名校的情怀还是十分浓厚。听到一个妈妈拉着年约二三年级的孩子，拿了一本"如何进北大，听状元们的读书心得"，跟孩子耳提面命地画着十年之后要考进北大的愿景，我一边在旁边听着，觉得台湾的孩子好幸福，还可以天真地读着精致的绘本、享受快乐的童年，不必像大陆的孩子小小年纪就常得参加奥数班、为了功课和成绩努力，就为了在那么多人当中出头，而像我能够来北京上学，不像其他同学必须经过那么多考试，不免觉得自己好幸运，而更加珍惜能够来北京学习的机会。

4 号线，前往：马家堡

我觉得我骨子里是很传统的，或者说，是个热爱过去的人，不管什么东西总是喜欢复古，不喜欢太冷冰冰的现代感，小时候学了7 年的古典音乐、弹了 10 年钢琴，巴哈、贝多芬、莫扎特，这些已经在几百年前作古的老头，还是在我闲暇时陪着我度过几个下午，听着钢琴叮咚的声音，像是能建起自己的小城堡。过去之所以吸引人，是因为你再怎样都回不去了，只能靠幻想、只能靠揣摩，去感受当时的生活样貌。

小时候看着穿着美丽旗袍的 30 年代照片，总是幻想着自己也坐在床沿还是哪个旅行皮箱上，穿着做工精细的旗袍，伸出一只脚来、用尽每一个细胞把时间慢下来，一寸寸、一点点地缓缓套上玻璃丝袜，或许，还翘起一只小指头呢。而现在许多中国女星参加西方影展也开始选择旗袍，甚至西方都流行东方元素，将旗袍变成高端订制服的一种，杜鹃、刘雯等顶着一张"非常东方"的脸打进世界名模市场，也让"东方"又在 21 世纪的现代重新站上潮流尖端，看着穿着旗袍尽显身材的东方女人们，看着姿态款摆的那股东方味儿，很优雅、很高贵。不管是哪个在民初、30 或 40 年代闪耀着璀璨光芒的女人，总是身穿旗袍优雅入镜，阮玲玉、张爱玲，哪个不是婉约又姿态绰绰？

台湾的旗袍店面贩卖的旗袍都主打"订做"和"传统工法"，在装潢得富丽堂皇的商店里贩卖，如果真要做好一件面料舒适又有设计感的旗袍，少说都要五千块台币以上，虽然可以到永乐市场选布、再到小一点的店面订做，但毕竟选择少、价格高，能够找到便宜又特别的真的很困难。大陆的人工相对台湾便宜，又有各式各样的旗袍专门店，要新颖的设计、要好面料随我们挑选，比台湾划算许多，买得实惠又满意，因此和好友新从来北京后，就盘算着毕业时，要订做一件旗袍送给自己，来当作毕业礼物。

　　但真要下手时，却不知道哪儿有专门店，我们又不在江南一带，那些随处都有工坊的地区，在淘宝上看呀看，总算在马家堡附近，找到一家样式新颖但价格合理的旗袍店。说是说，却也一直推迟着没去，直到真要有穿旗袍的机会，才忙赶着去店里挑拣。我常常这样，带着随性的方式做事，买东西是、旅行也是、工作也是。想着如果遇到了什么，那绝对是"天注定"，遇到好事就可以更加惊喜，虽然万一遇上什么麻烦更需要危机处理的飞快反应，我还是总仗着自己总能化险为夷，冒着风险的一直都随性度日，但或许，只是给自己的惰性找个借口，骄傲地说自己有点"艺术家性格"，其实只是不想承认不谨慎、大而化之的态度罢了。

　　那天下午，是自己一个人去的，踏上 4 号线到马家堡站下车。在车上胡思乱想时，觉得自己坐在如此现代化的交通工具上，从那么具有历史的北大上车，沿途经过过去、现在、过去，穿过整个既古又新的北京城，漆黑一片的隧道上有最新的 LED 灯组成的广告，而身在 2010 年，却要在目的地寻找一件过去人当日常服的旗袍，在现代和过去错身、重叠，在同一地点上交错不同的时空影像，像能够搭乘时光机回到过去，把自己妆点成一个优雅的东方女性，我坐在靠边上的座位，想着那天偶然看到的一张，以前北大学生穿着旗袍喝茶的照片，正陷在自己两腿交迭，坐着三轮车，路上的碎石咔拉咔拉响的幻想中，正出神呢，不小心按到握在手上 ipod 的音量键，Ladygaga 突然大声呼唤，把我拉回现实，窗外 LED 屏幕出现的跑马灯广告离开视线，地铁缓缓进站停了下来。

在马家堡站出站后找着公交车站牌。我很喜欢旧式的公交站牌，铁制的站牌上，白色底有绿色的站名，旁边总是有点锈蚀感，像蓝天、白云、草和泥土。学校在西北四环的我们很少到南边来，印象中最南的也不出到南二环外，天坛似乎就已经成为我们最南端的落脚处，没有再往南而去的印象，这次一个人只查了出站后的公交车路线，就兴冲冲单枪匹马前来，打算把它当成一趟小小冒险，为了心里心心念念的旗袍们，哪有不付出就能收获的道理呢。

旗袍店内

我穿旗袍的样子

按着地址走着，"洋桥大厦"到底在哪儿呢？在过去的印象里，店面都是装潢得干净明亮，至少也整洁大方，我沿着那条路走前走后，找不到原本在脑中盘算的目的地模样，在那地址上矗立的，是栋住宅大楼，怎么也不像卖旗袍的店，直到我在对外窗上，看到略为褪色的海报上隐隐约约写着"旗袍"，才觉得那家店可能真在这栋不起眼的大楼里（后来才知道大陆多的是这种藏匿于住宅区的小店，台湾虽然也有，但是通常通过网络购物，我很少直接上门去买，但像这种量身订做的商品，还是自己亲身体验试穿，会来得合适一些。我后来也去过另一种在住宅里的网店，楼下还有保安，得由店员下来接你才找得到，那也是十足新鲜的体验）。进了小区，一楼大厅里暗暗黑黑的，完全没有灯，担心里头会危险的自己，一边责怪自己没找朋友一起来，一边在室外说服自己：都跑这么远了一定要去看看，鼓足了勇气才踏进建筑里，没想到一踏进去灯就自动亮了，自己在外边提心吊胆了那么久，原来只是虚惊。沿着指示到了一户人家，三楼的走廊同样昏暗，按下古朴的电铃，一打开门，灯光瞬间照亮走廊，终于找对地方了。

　　店员带着满眼笑意招呼我进去，一进门，黄、红、粉、紫、黑，香云纱、真丝、绸缎……不管是长版、短版、长袖、短袖或是无袖，各式各样的旗袍挂满整屋，京派、海派的样式各类齐全，店主还十分有个性地将每件衣服都起了特殊的名字。长版贵气、短款俏皮，用手一件件地触摸每个绣纹，布料上的凸起在指尖下，凹、凹、凸、凸，和指纹的交会让整个人都感动起来，精致的花钮被钉在领口，衣服滚着撞色的衣边，不同布料在同件衣服上却如此和谐。店员妹妹一边跟我介绍他们衣服的特色，告诉我现在把玩的是什么材质，虽然专业术语没一个听明白，不过手工制造的衣裳让每一件都独一无二，更有属于自己的那种独特感，或许这就是那些欧美名牌高级订制服，可以要求如此高的价格，手工的细致和完整度，符合每个人身材的订制衫，真的让人爱不释手，一碰就爱上。

　　店员告诉我们可以随意、尽情地试，刚开始还只是一件一件地取，在镜前瞧上大半天，以前总觉得穿上紫色或深蓝色显得十分有气质，但试了才发现比较适合偏白肤色的女孩，而黄色也很挑人穿，脸色暗一点的女孩一穿上那更是像沙尘暴刮来一样惨不忍睹了，后来看到几件带着桃红色的旗袍，穿起来脸色红润，各种长短和袖子样式，都有可能拉长身高比例或是让手臂上的肥肉看起来更大，真的是一种人适合一种样子，随着越来越知道自己的身型适合怎样的布料和袖款，知道哪种颜色可以让肤色变白、哪些颜色穿了反而让自己黯然失色后，选择样式更快，一次都是拿了满手旗袍去

试。在穿脱之间，我真的觉得自己陷入了过去，忘记外头已然是高铁狂奔的时代，忘记人们现在手里都拿着 ipad，随时都在上网。就在那个小角落里，一滴幻想的墨水化成涟漪染出了整片整片的画面，脖子间挂着白色毛巾的脚踏车夫、在路边用板车卖着水果的小贩、有转盘的电话，拍向国外的电报，得从国外进口的香水奢侈品……就算旗袍并不真的高档（刘若英扮演张爱玲时的那 50 件旗袍就花了 200 万），却满足我心中小小的幻想。

我们有部分衣服是修改已经完成的成品，有部分是更动了原本样衣的设计，重新制作。一件旗袍必须量十几种尺寸，才能完整地掌握自己的身形，选好布料、样式，把细节都交代好后，约两星期后可以来试半成品。张爱玲当时总是自己画式样要师傅按着样式打版造衣，根据她平常写作、生活的习性特别订制，我虽不需天天穿着旗袍上下课，但决定袖样、钮扣位置这些还是可以的，师傅按照我喜欢的样子将我的构想一一记下，再叫我穿着半成品让她修改，当师傅拿着剪刀，在穿在身上的半成品边上，一刀一刀地剪着时，真是丝毫不敢乱动，就怕剪子一不小心就伤了皮肤，但却又掩不住自己的兴奋，微微颤动着想大声吼叫，那种专人服务、整件衣服都是为你而生的感受真难用笔墨形容，过去流行过的高领、低领到无领，这旗袍让东方女孩衬托自己的身段，穿上时，在眨眼之间，就妆上了一股浓浓的女人味，虽然无法像张爱玲一样文采动人，但也算是《她从海上来》，从台湾到北京这块地，留下自己的青春。

旗袍现在在世界各地，都是很流行的款式，30 年代穿着旗袍的女孩结伴逛街，现在百年前日常旗袍也成了高级订制服，更有吸收旗袍剪裁的领口、版型所做的改良式洋装，深受女星和名媛贵族的喜爱。在这里购入的旗袍，不管是平日或是有特别场合都可以穿。一开始，我只敢在特殊场合拿出来，总害怕一穿上后，路人会对我报以奇怪的眼光，而旗袍贴身的程度十分显露身材，只要哪里多了一寸肉，衣服就会原封不动地彰显，一定要身材秾纤合度时，穿起来才好看，旗袍店的老板娘笑说："这是最漂亮的塑身衣"，但这只让大家有警惕，马上看的出来自己身材的变化，没有真实的塑身效果，另外因为旗袍合身，行为举止都要特别小心，注意自己仪态端庄优雅，对于现在的女孩来说，穿着裤装或是上下半身的衣服活动还是更为舒适。但其实东方女孩本来就很适合旗袍，许多人觉得买旗袍没有场合穿，一开始我也对此十分苦恼，不知道什么时候要拿出来穿，才不会让人说我怎么"盛装打扮"，但我在几次面试、生日宴会、亲友聚餐时，穿了几件不同颜色的旗袍，都让许多人赞不绝口，而穿着旗袍的样子，很容易博得长辈的好感，原本活泼好动的自己，穿上旗袍后就显得温婉柔顺，长辈们看了喜欢，很能讨老人家欢欣，难怪许多人要穿着旗袍去见男友的亲人了。而带出国穿更是能获得极大的好评，许多人在出国前都会带上一件，不管是舞会或是有跨国籍的餐会都能拿来穿，可以当小洋装，也可以很正式，反而比一般洋装出彩，之前在伦敦住青年旅馆时，拿出旗袍马上就吸引了同屋美国和法国女孩的注意力，她们不断说着怎么会有那么可爱的洋装，让人觉得带着传统的东西出门，也是一种骄

我买的旗袍，借给同学们穿，你说，谁最适合穿旗袍呢

傲，穿着它，更让自己觉得心里那个优雅的女孩也开怀起来。

台湾随着时代变迁，许多传统仪式化繁为简，有些习俗已不复见，许多新人为求方便，文定和迎娶选在同一天，新娘子以穿白纱居多，或是穿西式礼服，穿着旗袍出嫁的人已经是少数。在那边试衣时，发现大陆还是有许多新娘会特别订制一套红旗袍出嫁，看着新嫁娘由妈妈陪着，挑选自己喜欢的大红布料，量身、决定样式，看她难掩喜悦的兴奋，而女孩妈妈忙着替女儿打理出嫁红衣，连身在一旁的我们都能感受到那种出嫁的欢欣，当红嫁衫一穿起，衬得女孩皮肤白里透红，一抹浅笑挂在脸上，淡淡的红晕从脸上透出，我想当新郎倌看到自己有如此美娇娘，绝对十分骄傲。我们几个女孩一边试衣，其实眼睛都不断瞟向那个穿着嫁衣的女孩身上，想必大家都想着自己结婚的那天，是什么样的漂亮模样吧。

结　语

　　2011 年春天，宿舍外不知什么时候被种上了几株山桃，几次匆匆经过都没发现，但气温一转换，那排满树开着的雪白，却是让大家驻足，连蜜蜂都急着来一亲芳泽。这些花满满地怒放着，我笑着说，开得真是"不要脸"啊，完全毫无矜持的把所有的力气用尽在开那朵花上，同屋笑说，我真是太有才了，能够想出这样的形容词，结果不久之后，同学们也都这样形容那排树，大家都爱上了这

北大的迎春花

4号线，开往……

样毫无顾忌的花的姿态。透过雪白的花瓣，看着刺眼的阳光，冬天酷寒的气温，已经阴郁已久的心情，也随着慢慢离开，枝丫中飘着淡淡的清香，相机却无法在那一团雪白当中，找到一个最动人的姿势拍下，那一根根细密的花蕊，阴影很美、很美，深怕碰掉了它的花瓣，我一边哼着苏打绿的日光，一边感受在花丛中漫舞的浪漫，虽然没去过玉渊潭，但只要一排，一排就够了，深深地让自己耽溺在花神的怀抱里。我站在树下，总心甘情愿地被它掳获，用无形的绳联系彼此，北京的花开了，我也醉了。

柳絮纷飞的时候，我开着窗坐在宿舍廊道里，屁股下垫着个蒲团，倒杯红茶，就吹着从外边和煦吹来的风，看柳絮随着风摆动，跳着圈圈舞，一会儿停下，风一来就激动地舞动着，同学们经过看到我如此轻松自在，总说我们台湾人很懂得享受生活，但北京能够让我和自然贴近相处的时间不多，也就是春天和秋天这短短几周，能不好好地把握每分每秒享受这里的生活吗？

或许我带着一丝旅人的心情到北京，从来没真实的，或迫切地想融入北京这个大环境里，和许多事擦身而过，那天和自己学院的老师聊起，我发现还有太多事情我忘了做了：在未名湖边拿着书野餐、到一个同学家里做客、多去一些北京的外围城市、在北京大剧院听场表演、去夜店里疯狂一回……或是在学院里好好地听几场讲座、多上一门课、再多和老师碰几次面聊聊学术……北京太大，要去的地方好多，北大很大，要学的也无穷无尽，我只是个平凡无奇的女孩，赶不上北京的快速流动，赶不上那么多那么多……吸引我的一切。

　　但却在三年的旅程中，点点滴滴地感受到这座城市丰富的底蕴，是用每个人的生活一点一滴堆砌出来的，有新有旧，有传统有现代，在古老的天安门前走着最新最好的车，在古城墙旁建起鸟巢，胡同里不再住着几户人家，大杂院里是金发碧眼的艺术家，每一个样貌的北京都十分不同，身为首都，它代表着大陆飞也似的进步，更代表着中华文化五千年来缓慢但却真实的脉动。

　　四号线很新，许多站我根本没去过，而跟我一同坐在车上的那些路人们，来来去去，无声地进入我的生命，又悄悄地离去，他们的脚步声敲响我对北京的想法，激起我对这生活环境的观察，让我看到我们是如此相似，却又如此不同，衔着根糖葫芦走在学校里，我已不如初来乍到时对一切如此生疏，这里丰富了我的生命，让我的灵魂因此丰腴，还好，我来到北京，还好，我不是只待在宿舍里。乘着地铁，下一站，前往……

霍家格

描摹四季

爱涂鸦，爱漫画，不爱念书，爱北京烤鸭，更爱 50 岚珍珠奶茶。

在美国呱呱坠地，在台湾长大，在北大就读。喜欢旅游，喜欢到各地体验不一样的风土人情。天马行空的水瓶座，我是霍家格，我在北京。

春有百花，秋有月，夏有凉风，冬有雪，这是北京最真实的写照。春日里望着那波光粼粼的海子，幻想着曾经的人们游海子赏花的景象是多么的热闹欢腾。夏日里坐着三轮，穿梭在老北京城的胡同里，每道门缝中仿佛都微微地透露出里面古老的院落的故事，她的曾经。秋日里乘着凉爽的天气到郊外去爬长城，踏着中国人引以为傲的石阶，满山遍谷的红叶伴随着你。冬日里三五好友围着火锅聊天，热气驱走了我们身上的寒，带来了温暖，这时外面正飘着鹅毛大雪。

每每站在故宫的石阶上，总会有种时光倒流的感觉

门都到哪去了？

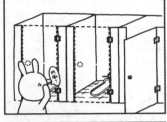

春·"春雪"

北京的春天短暂而美丽，在被北风摧残了一个冬天之后，所有的生物终于奈着性子等到了春天，迎春、桃花、玉兰花、樱花排着队地开放，树上长满了胖乎乎又翠绿的小芽们等待着长大。

一路向北描摹四季到了三月中，杨树会开始开花，它的花如同鞭炮，一串串地挂在树上，有的花老了就被风吹落到地上，如果不仔细看很容易被误认成虫子，所以北京人戏称它为"毛毛虫"，小朋友们常常喜欢把它拣来恶作剧。许多学校都喜欢种杨树，到了这个时候所有的花掉在地上铺满了地面，走在上面就像走在地毯上面，松松软软的。

当它的种子成熟后经过太阳的暴晒会慢慢地裂开飘出棉絮般的种子，这时候北京的街头又会出现一幅奇特

北京大學

胡同遊勤!

汁

豆汁

羊肉包 三丁包

烧鸭❤

客官裡邊兒請!

半夜赶工，为了能在文化节中让大家认识不一样的台湾

的景象——漫天大"雪"，这种景象要我来形容的话，就像是有人拿着一支超级巨型蒲公英，注意哦，是超级巨型，然后不停地吹，吹得满天都是白呼呼的毛团在飞。你站在大街上，吸气……吸气……然后就会吸得满鼻子都是，连没有过敏的人都会被弄得鼻子痒痒的，有过敏的人就不用说了。等杨絮累积到一定的量时，它在地上就会变成一团一团的白毛球，很像美国西部片里那种两个人对决时地上吹过的草团，只是在那儿是卷柏，而在这儿是杨絮。有时候毛团太多，连教室都会滚进去几颗，然而它又不是固体的，一扫就会散掉，所以打扫起来真的很麻烦，只能任凭它自己随意飘走。

香蕉味 Pocky

在北京已经生活了一段不算短的时间，对于这里的生活形态已经相当融入。由于北京的人口有很大一部分来自于全国各省，因此饮食口味也就变得非常丰富。从超市里可以很容易地去了解当地的生活情况，就拿超市里那片零食区作例子吧。洋芋片是我们最熟悉不过的零食，它的口味也不外乎那几种，原味、起司味、洋葱味、BBQ 味等等都是很正常的，但是在北京的超市里却可以买到北京烤鸭味、孜然牛肉味、绿茶味、黄瓜味、蓝莓味甚至是荔枝味，能把中餐风味或者当地特色水果都融到洋芋片里真是不简单，而且大家还都蛮捧场的。再来，还有我很喜欢的 Pocky（百奇）棒，在台湾我只见过巧克力、草莓、牛奶三种口味，但是在这里，Pocky 的口味却占满了整整 10 层货架，多出了绿茶、蓝莓、咖啡、杏仁等等口味，还有我最爱的香蕉味。有一次一位台湾的朋友来北京玩，临走的时候我问她带了什么特产回去，

贪心

她说她带了一大箱的香蕉口味 Pocky 要回去送人，真的是超有趣！同样的一根的饼干棒只要裹上不同口味就能成为新商品，商人们还真轻松啊。我最近更是发现在美国几十年都不曾出现新口味的 Oreo（奥利奥）竟然在这里陆续推出了冰淇淋味、草莓味、橘子芒果味，出于好奇我也赶快跑去买了一包吃吃看，虽然我还是比较偏向于它的原味，但是不得不说的是从这些情况可以看出大陆的商人脑子动得超快，消费者也很勇于尝试新的事物，并且也很容易接纳它们。

胡同是北京城区的一大特色，她们的名字更是千奇百怪，例如，芝麻胡同、金鱼胡同、鸡爪胡同、帽儿胡同等等

夏·中关村

紧邻北大的中关村，广义上来讲，是北京的高科技中心，有"中国的硅谷"之称；狭义上来讲，中关村就是超级大型的台北的光华商场，专门贩卖高科技电子产品。这里大概有六栋大型电子商城夹杂着一些独立小店，里头你所能想象到的电子产品一应俱全，算一算光一栋里就有一两千家店，再

大陆到处都是宝，每个的地方都值得你去慢慢地逛，细细地品味

乘以六栋，一万两千家店，所有工作人员加起来有八万人之多，每日的客流量可以达到十万人次。我去那里买东西往往会感到店员比顾客多。总是有人来来往往地运送打印机、电脑主机、电脑银幕等等，就像蚂蚁搬运食物一样，这些东西到底从哪里来，又要送到哪里去，一直是我心中的一个谜团。

每当上下班高峰时刻，骑车停在中关村旁的大十字路口等红绿灯，路口总是满满的人和脚踏车，四面八方都是。柏油路上缓缓升起的热气夹杂着人们的汗水，大家屏息以待那一刻的到来，就像百米冲刺一样，当绿灯亮起的那一刹那，两边的人潮就像开战一样向

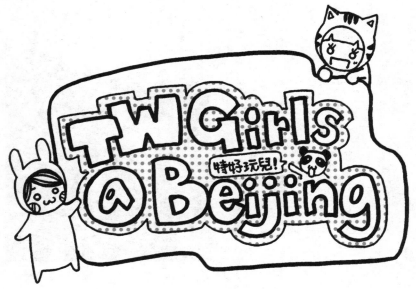

前冲，密密麻麻的人头攒动着，寻找着空隙穿过彼此面前的那座人墙，人虽然多，却不会真正地撞在一起。

"猫楼长"

不知道为什么北京的野猫特别多，尤其在各大院校里，北大也是一样。

住在北大的猫都过着非常幸福的生活。走在教学楼旁边，心情好的时候可以进教室去听课，地方随便坐，要坐在讲台上也可以，

虽然离你有些遥远，但我还是无时无刻不在想念着你——台湾

觉得老师讲得不好就去他的办公室赖着不走表示抗议。饿了就去食堂前面坐着，总有人会双手奉上剥好皮、掰成小块的鱼肉热狗，如果此人没有做到以上两点，可以拒绝吃。

每个学院都有院猫，每栋宿舍楼也都有"猫楼长"。她们常常蹲守在宿舍门口，上课出门的时候它会对你说"加油"，下课回来会对你说"欢迎回来"。它们敬守职责，会不定期地在楼道里巡视，一不注意它也许就会出现在你的书桌下。学校的猫在爱猫协会或校园里其他爱心人士共同照顾下，个个都长得壮壮的，每次看着它们懒洋洋地趴在教室门口晒太阳，那一脸幸福的表情总会让人心中的杂念顿时消失，想跟着它们一起享受午后的阳光。

秋·开学季

这是个充满学生的季节，相较于过年，现在可以算是全民的第二次大迁徙。全家人携家带眷，为的就是送家里今年初入大学的那个唯一的小孩，尤其在北大清华这种富有传奇性色彩的大学里更是明显。报到的第一天你就可以看到一个个稚嫩充满好奇的脸孔和紧跟其后的爸爸妈妈爷爷奶奶大姨姨父叔叔婶婶等等，携带着大包小包的生活日用品和一大包家乡那些最熟悉的味道。每到这个时期，北大周围的饭店通通都会爆满，北大也因此曾经开放体育馆给来送小孩的家长们休息。

宿舍安顿好了之后，与家长们道别，开始了独立的寄宿生活。除了平常上课时间外，学校生活里最不能少的就是社团活动。开学两周后各个社团就会施展出浑身解数来招募新的社

自行车可以说是北京最方便的交通工具了。"不会堵车"是它在这个车满为患的都市里的强大优势，顺行、逆行、天桥、人行道，畅行无阻。缺点是：它采取的是人力发动，而且是敞篷的

员，也就是北大三角地每学期都会上演的"百团大战"。每天中午和傍晚这两段学生觅食时间都是战争的爆发点，数十只无影手刷刷刷地发射传单，精准地射向路过同学的手和脚踏车车筐，一趟过去肯定有一沓厚厚的收获。不过在这人群中也有些人是专门去收集草稿纸的，因此传单手也要有雪亮的眼睛辨认出哪些是有兴趣的人而哪些人只是纯粹来打酱油的。

开学前两周大家上课的积极性特别高，然后随着时间逐月递减，夏天还好，到了冬天更是以等比级数递减。一些热门的选修课或必修课的听众，除了本校学生外还会有过来旁听的外校学生甚至是社会人士，所以教室常常会爆满。为了不必辛苦地站着上课，学

占座

生们发明各式占座方式，除了最传统的课本笔记本式，还有新颖的便利贴式。抓准占座的时间也非常重要，一般只要提早个几节课去占就可以了，但是我也曾经碰过晚上六点的课在早上十点以前就被占完了，晚去了只能自认倒霉，当然你也可以选择无视那张碍眼的占座条。

金黄大道 vs 香山红叶

秋天是树的时装秀，基本上所有树的叶子到了这时都会变色，金黄酒红充满了整个校园。银杏树在夏天会掉白果，到了秋天整棵树就会呈现金黄，在阳光的照射下闪闪发亮。北大里有一条路两旁种满了银杏树，个个都喂养得粗粗壮壮，叶子都同手掌那么大，夹在书里等干了做成很有味道的书签。

每当金黄大道出现时，大批的摄影爱好者带着他们的家伙聚集到这里，从卡片机到专业单眼相机都有，咔嚓咔嚓地响着。模特的姿势也各式各样都有，站的、坐的、躺的、趴的、抓着树枝、抱着树的，你能想象到的全都有。

离北大不远的香山，到了这个季节便是一片的火红，满山遍谷的红叶随风飘扬，是同学们秋游的好去处。带着装满零食的背包和必备的相机，三五成群地骑着脚踏车向香山出发，可以在那里野餐，享受难得的好天气。

不过去香山这种观光景点绝对要避开假日，如果你一定要在假日去的话我只能对你说声"祝你好运"，这段时间去只能看到乌溜溜的人头林而非美丽的红叶，拍照的时候分到一根树枝就不错了（人太多），而且拍出来的照片常常都会变成大合照。

到了闭园时间，大量的游客从山上涌向出口，周围的马路全都堵得水泄不通，连住在 10 公里外的我家都

溜冰

会被波及得有家归不得。其实除了香山外还有很多地方都可以看红叶，比如到金三陵长城赏红叶也是不错的选择。

冬·堆雪人也是有技巧的！

对于从小生活在台湾的我来说，或对于任何一个南方的小孩，玩雪一直是我们的幻想，也是吸引我当时来北京的一大因素。我记得第一次看到北京的大雪是在高中的数学课上，结果我整节课都在吵着隔壁的同学，叫她下课陪我去玩雪，她也只能无奈地附和着我，结果一下课兴奋过头连手套也没带就抓起雪一阵乱扔，然后花半节课才把冻得通红的手温暖回原状。其实北京下的雪量并不多，

夜里回家的路上忽然飘起了鹅毛大雪，居然就这样拍照拍到忘了回家

一个冬天也就下个 2~3 场雪，厚度也就 5~8 毫米，常常早上起床看到的是白雪皑皑，但到了中午就全部消失了，要不然就是被汽车压成一坨坨烂烂的黑泥。

再冷我也要去！看到这么多雪真是让人兴奋，滑得好不好无所谓，只要能玩到雪就很开心

小时候每次看卡通里的小朋友们堆雪人总是那么简单，先做一个小球，然后慢慢地滚动它，就会越滚越大。推好一大一小两颗雪球，然后把小的放在大的上面就变成一个雪人的雏形了，这些动作早就在我的心里默默重复 n 遍了，但是事实完全不是我想象的那样。第一，雪不是随时都能捏成形的，尤其是刚下的雪，那完全是捏不起来的！一丢出去就会散掉，所以经过多次实验，雪一般是要等到一天以后，有点融化，那样才捏得出型来，才能堆雪人。第二，你以为雪人的头是那么好搬的吗？当我们把身体和头滚好后，问题出现了，那颗直径 30 公分的雪球头，可是结结实实的冰啊，基本上小朋友是搬不起来的，壮一点的男生也许还可以，所以这是就要动动脑筋，在身体的旁边堆个坡推上去或着去找个强壮的人来搬吧。

北京冬天的平均气温在零下三四度，所以说冬天的室外就是一

堵堵堵

个天然的大冰箱，于是当家里的冰箱塞不下的时候，就可以把果汁、汽水、啤酒这种很占地方的东西都放到窗台外或院子里头，不过有时候温度太低的话第二天你就很可能会拿到果汁冰沙。

在北京餐厅里点饮料，服务生一定会问你要常温的还是冰（冻）的，平常时候常温的就是放在室温中的，不是冰的。但是到了冬天，常温的就等于冰的，不存在区别，因为东西到哪都是冰的，冰箱不插电还能当保温箱呢！

小红果

那一颗颗红润的小果子是我冬天里最期待的东西之一。

据《燕京岁时记》记载：冰糖葫芦，乃用竹签，贯以山里红、海棠果、葡萄、麻山药、核桃仁、豆沙等，蘸以冰糖，甜脆而凉。其中的山

一起微笑吧

里红就是山楂。不同于台湾夜市里卖的番茄糖葫芦，北京传统小吃冰糖葫芦是将去籽的山楂整齐地按照大小串成串，在外层裹上薄薄的一层麦芽糖，插在用稻草扎成的靶子上沿街叫卖，看上去一个个晶莹剔透里泛着红润的果子，山楂酸酸的滋味和麦芽糖的甜味真的很搭，就算吃不下也会想买下来拿在手里把玩一下。除了品尝单纯的山楂原味，还有其他口味可以选择，例如在山楂中夹入豆沙、核桃、地瓜泥、糯米或者是橘子，当然每个地方可能有每个地方特色的口味。除了山楂之外，山药、橘子和草莓也是热销的口味，一串3块钱之便宜让它成为我们餐后甜点的首选。

　　自从吃了北大里卖的糯米糖葫芦后我就爱上了它，见到人就向

他推荐，导致我周围的每个人都爱上了糖葫芦。每次经过它的摊位绝对会带上几串。我的室友，一个可爱的日本女生，曾经一个人一次买了 4 串，老板有点吓到地问她："你全都要吃吗？"结果她毫不犹豫地大力点头"嗯！"从此她成为了那家糖葫芦店的 VIP。

北风那个吹

在北京，认清东南西北真的非常有用。出门在外向人问路，路人常常会告诉你"往前再向东奔"、"XXX 地方在 OOO 的南边"、"A 大楼在西北角"，而不是左转右转，门牌号码在这是基本没用的，只有邮差认得，所以分清方向是很重要的。我在这方面完全就是靠学校的大门来认，以东门为标准，慢慢地也就熟悉了。

北京是属于温带季风性气候，从西伯利亚吹来的强烈北风，到北京后有时候还是四级大风，在那样的天气出门上课真的是一件很痛苦的事。这样的大风加上零下 5 摄氏度的气温会让你的脑袋瞬间结冻，脸上还会有刺痛的感觉。有一次大风天走在路上，结果旁边房子五楼的玻璃竟然被吹破了，哐啷哐啷地散落到地上，还好当时楼下没有人走过，不然画面可能会很惊悚。冬天的天气常常是吹两天北风换吹一天的南风，所以如果你的门前有个旗子或烟囱（北京冬天有专门的供暖锅炉房），你就可以每天看着旗子的方向或烟飘的方向来决定你今天要不要出门。

林铭珊

北京一载的微酸微甜

我，一个喜欢旅游、热爱教中文的小个子女孩儿，为了说话能字正腔圆而来到了北京，北京话没学多少，倒是胖了不少。

申请到北京

大三时，大家都在问：你毕业后要干嘛？要不要去小学实习啊？

可怜的师院生，不但要比别人多修学分，还要在毕业后还要到小学实习半年。我在大二时才从有台湾后花园之称的台东转到台南，转学生的宿命就是：修不完的学分……于是，大二大三都在社团、乐团、系排、系学会中开心交朋友与学分地狱中度过了……所以大三时，前途一片茫然……决定转换跑道，考个热门又有挑战的研究所：英语教学所！这里必须说明一下，没办法考小学教师甄试完全是因为得知要考数学……大四度过了一段黑暗时光，外加到小学集中实习三个礼拜的写教案与教小孩的日子，终于考上英语教学所……于是就安心地怀抱着"两年后才失业"的心情，准备迎接台北"繁华夜都市"的半年小学实习！

时间来到了 2009 暑假，也就是毕业后开始实习的日子。

我，该寻找人生的目标了！

某天，看到"汉语教学热"之类的标题，于是在心中呐喊："报个师资班吧！"接下来的日子：周一到周五在小学上班，周六日在台湾大学全天上课，也就是在那时决定试试走不同的路……北京大学这四个字就在师资班上课期间飘到我的脑袋里了。

"想拥抱，怎能握着拳头。"抱着想当文艺青年的心情，上网搜寻所有的数据。2010 年 12 月 30 日，将备审数据寄到了北京大学对外汉语教育学院！

在这里说说我在北大复试中的面试情况。当时考官请我把他们当学生，教"你哪里胖啊"。

在北大燕南园

北京一载的微酸微甜

我：……所以，"你哪里……"在对话中，代表着"你一点都不……"的意思。

考官：那我想请问一下，如果今天我是你学生，我真的很胖，但是我对这个减肥的话题一点儿都不感兴趣，你要怎么教这一课？

我：那……同学（直接把考官当学生），有没有人跟你说你要是再瘦一点肯定更漂亮！

考官：但我觉得我这样已经挺漂亮的了啊！（自信）

我：那就对了！（顺便指着考官，加上开心激动的语气！）你绝对不要改变你的想法！（右手握拳）人活着就是要有自信（用力点头与眼神交会！）你看，我这脸这么瘦，人们会说这是"没有福

北京大学开学典礼时

气"（在黑板解释福气），我真羡慕你！要不咱们下次一起去运动，为了健康好不好！（最后还要两手用力一拍）

正当我因为戏剧性的结尾换来一阵静默而后悔时，考官不给时间地接着问：台湾用语和大陆用语不同，你怎么克服？

我：就是因为两岸用语不同，我才更需要在这一方面好好地努力，搭起汉语教学的桥梁，为对外汉语的未来贡献一份绵薄之力！（大声与坚定表情）

面试就在我的演讲一样的慷慨激昂中顺利落幕了……

其实我还记得当初要考北大时，其实是很多人用那种"你真的要考喔"的眼神看着我，而后说出："加油喔！"如今，种种显示两岸人才流通势在必行的报道层出不穷，我相信：你的心在哪里，宝藏就在哪里，热情与专业绝对是支持每个人坚定信念的必要因素，这就是我报考北大的原因。

初抵北大

是暑假来到北京的，当我开始想要回顾这段生活的时候，已经过了半年。这半年回了两次家，再加上过年的这次返乡，一数有三次。这次的行李不比刚来的时候少：翻翻行李箱，台湾各地的伴手礼，女孩子的化妆品，春天的夏天的衣服，各种颜色的隐形眼镜，几双鞋子等等，想的都是接下来半年的生活，虽然在台湾买东西的时候告诉自己：回北京就不用再花钱了！我想每个女孩都知道这只

是花钱的借口而已。回到宿舍，东西是只增没减，在开学的第一天，终于下定决心剖开我的超大硬壳行李箱。最麻烦的要说是衣服了，我采取的策略是：这半年没穿过的通通丢掉！拿了个超大的纸箱，我毫不留情地开始巡视这些在我眼前看似要被枪毙的犯人们。说来也奇怪，开始的时候很顺利，杀得毫不留情，渐渐地动作就慢下来了。有一件黑色连身裙，裙摆有优雅的小褶儿，大学毕业前好喜欢穿，但是抱着这种心情将它带来北京，却怎么看怎么不对，这半年内就仅仅穿它一两次。自己想想，是喜新厌旧的个性使然吗？心里就夹着这个疑惑继续把行李箱里的东西一一归位，当我整理到书柜时，动作更慢了，看到什么都停下来回味一番，我看见了几张

在机场迎接从北美来的教师

夹在钱包里一块儿带来的台湾发票，还看了出发至北京前，几张朋友寄到台湾家的明信片，还看到了这半年的打车小票，还有许多 ZERA、UNIQLO 的纸袋。也难怪速度会这么慢，从整理衣服的时候，我就已经放任自己被回忆卷走了，想的几乎可以说是不久前的那些日子，是连去巷口买东西都要骑摩托车的那个家乡，看着打车小票想着是在哪儿用手机

叫出租车的，看了台湾的发票则怀念起每两个月可以兑奖的小欢乐。一时间，心里五味杂陈。

　　我想起刚来北京的那些日子，刚来的前半个月，我每天吃吃喝喝、走走看看，在北大的未名湖以朝圣的心情拍照。我在校园的交通工具只有一辆自行车，而在台湾我是开车的。心中就有种文艺青年与都会女子的冲突，要是当几天的文艺青年还可以，要融入这个角色真的需要时间。我把这看成是在外地求学的一种历练。

　　总之，我的寝室暂时回到了一个干净整齐的状态，这次搬 23公斤的行李上六楼也不再像第一次那样精神崩溃了。有人说，什么都可以被记起，也什么都可以被遗忘，所以，我们才需要文字，让

北京到处都有运动器材，特别好玩

我们能有足够的空间，细细咀嚼，都是完整生命的一部分。

北大生活

　　"北大很好，时间很少"，这句话在山寨版的 facebook，也就是人人网里面常常有人说。刚来北大的时候参加了全校新生的开学典礼，心中对开学典礼的期望是像网络上可以找到的"张忠谋在交通大学的新生致辞"，或是哈佛大学开学致辞一样，有着对新生的鼓励与名校的气度，所以站在面塔的运动场上，心情是很震撼的。但似乎是期待越大失望越大，整个上午我只记得校长说的：要 PK 掉

没想到可以住在胡同里

很多人才能来到北大来的。我以前在台南大学语文教育学系的时候，因为一心只想转外文系，对中文的文字、声韵等失去了兴趣，在班上的成绩总是倒数的。在这里，我是班上唯一的台湾学生，套一句语言学的说法，就是班上的"有标记"人物，有的老师在上课时就会直接对我说：我看过你的简历，你以前不是在××大学教过汉语吗，待会儿请你说一说在台湾的情况是怎么样的。

北大的春暖花开

这个时候，我心里就开始担心了，从大学的一个上课坐最后一排看化妆杂志的女生，变成一个每节课坐第一排，举手发言加上与老师对眼微笑的学生，这样的改变，只因为心里觉得不能丢脸，好歹也是辛苦考过教师资格证的啊。在对外汉语教育学院里，其实理念是跟台湾的汉语教学很像的，同样都是提倡以学生为中心，教学多元化。但是同样是一名教中文的老师，在台湾和在北京，基本上有什么不同呢？我以我在台湾文化大学的经历来说，当时学校十分重视文化课程，在课程安排里，一个星期有四到六个小时的文化课，比如绳结、功夫等等，当时我虽然身为其中的老师，但是对于文化，

尤其是传统文化真的是见识浅薄，只有上课前积极备课的份儿。但当我在北京时，对于传统文化的陌生感有了一些改变，这与文化的融合是相关的。再说说学校里的百年讲堂，对学生优惠的表演从昆曲到芭蕾舞，甚至是最新的电影《青蜂侠》，都能以非常便宜的价格看到。这个学期，白先勇开了一门一学期的课：经典昆曲欣赏，第一堂课就请来了国

我在香山公园

家一级演员胡芝凤来谈昆曲，课堂里座位是完全坐不下，站着的人几乎包围了讲课的胡老师，接着说到十二行旦，老师就直接配合身段唱上一段，更令我诧异的是，竟然能听到班上有不小的声音跟着和着老师唱的曲，使我大感震撼。我们一直以为的"文革"浩劫，让在台湾的我们似乎拥有极高的文化自信，但在这堂课里我感到非常渺小，甚至我在百年讲堂听的第一场表演——昆曲，还是班上同学硬拉着我去听的。另外一堂爆满的课，是听孔庆东谈金庸，没有位置还不要紧，连进来的门都被旁听的学生堵住了，那是 600 人的大教室啊。据孔老师的说法，真是像开演唱会一样。我很希望，在台湾的时候也能感受这样的文化熏陶，至少在汉语教学领域的老

师，应该要了解大陆这样的"软实力"。

来说说我的室友吧，我叫她天天，因为她单名天，河南郑州人，第一次见到她，是开学前一天，她爸爸妈妈跟她一起整理寝室的时候。她的生活规律，不论有没有课，一律十二点前睡觉，一早就起床，早上当我们有一样的课时，她总是用温柔的声音说："珊珊，二十分了，还不起床吗？"在院里有任何消息，或是汉语老师报考的信息时，她是不藏私地跟我分享所有信息。上个学期末，一连好几个节日，朋友的生日、圣诞节、跨年。我总是在室友睡觉时出门，她快起床时回宿舍，但是她也不会责怪我，反而很有兴趣地听我说我们一群台湾学生是怎么玩的。文明卫生宿舍评选的时候，她帮我整理杂乱的书桌。所以，在去年十月的时候，我曾经有机会可以搬到有独立卫浴的留学生宿舍，最后没有搬过去，我仍感到高兴。我们的房间在北大西门外，有一个面北的阳台，因为在六楼，天气好的时候可以远眺颐和园的万寿山。期中期末赶论文的时候，我和室友轮着站在阳台或是搬椅子到阳台，一边咀嚼着论文文献，一边享受这种孤独感，

在我就读的学院门前

为什么说是享受呢，这就要与北京的历史连结起来了，以我的宿舍所在地畅春园来看，是明神宗的外祖父修建的清华园，清代在此仿江南建筑修建畅春园，做为避暑听政的离宫。这么一来就会莫名地将自己与历史结合在一起，心中就会出现一股凄凉的悲壮感。

除了室友之外，也说说在这里的同班同学。不知道是不是我们专业是汉语教育的关系，个个活泼得不得了，第一学期开始没多久，系上就办了中秋茶话会，我参与了一个有趣的节目演出，是由班上五个会说不同方言的同学，用家乡话朗诵《再别康桥》，我负责的是闽南语，在练习的时候大家就已经笑得不行了，演出的效果也很好，其中的趣味在于大家都对《再别康桥》很熟悉，却听不太懂我们在说什么。而元旦晚会就更有意思了，班上同学自编了许多节目，有穿唐朝仕女衣服跳的唐韵，也有调侃系上老师的相声三句半，还有偷拍同学上课情况所录制的视频，让我对大陆的同学们的创意印象深刻。再提到系上在上半学期承办的第三届中青年学者汉语教学国际学术研讨会，有来自美、英、法、日、马来西亚等 16 个国家和来自中国大陆、台湾、香港等地区、60 余所高校的近 80 余名中青年专家学者齐聚一堂，以文会友，探讨汉语教学中的各种问题，还有国家汉办主办的为期两个星期的南美教师教材培训，对我而言真的是非常难得的经验。

最后提到我的指导教授李红印先生，我上了他一学期的汉语作为第二语教学，主要在分析各种教学方法的历史与利弊，给了我们一个宏观的汉语教育史与教学法的框架，当时所用的课本是《新中

与留学生一起吃饭

国对外汉语教学发展史》，在一次研究生面谈中，李教授特别关心
了我看这本书的感受，也问了我许多台湾现在发展汉语教学的理念
和做法，真正一位好教授应该是这样的。我们在教学法里常常说：
以学生为中心，人本心理学也提倡以人为本，在克拉生的假说里更
说，降低学生的焦虑感才能让学生真正学习。我想李教授就是这样
一位把教学观融入教学的老师吧。在我来北大以前，总觉得这里的
教授一定很牛很傲，我很庆幸我遇到的都是真正关心学生心理的好
老师，"教育，就是在别人的需要上看见自己的责任"，我深深为
自己能在北大对外汉语教育学院中学习感到开心。

行走在北京

在北京的短短半年，我一共进过三次医院，第一次是新生体检，拿着一张像是大第游戏闯关卡的吊牌，依照指示一个一个地点地跑。再一次是年前感冒，在北大的校医院挂门诊，这里的医疗制度有些地方与台湾不太一样，路上不像台湾的马路上随处可见××耳鼻喉科、××小儿科，而是到大医院里看病。到了医院先花三块钱买一本《北京地区医疗机构门急诊病例手册》，再到挂号窗口挂号。一开始挂号的时候她问我：你要挂哪一科？我顿时答不上来，

相亲相爱一起去潭拓寺旅游

在中央电视台和余秋雨教授合影

就问了那小姐：感冒挂哪一科？顺利挂号之后，得到内科门诊外等待，是一整排的小房间。等候叫号之后，里头其实跟台湾的问诊室没有多大区别，问的问题也差不多，接着医生会手写病历，再打进计算机里。这段时间对不常看病的我来说是有点久的，最久的是将药品名称——用中文输进计算机，例如"感冒清热颗粒"、"酚麻美敏胶囊"，也难怪拖了这么长时间。问诊完后回一楼领药，要先付了医生开的药品费用，再拿付款的单据到领药台等待，我是属于全自费的港澳台生，据本地生说他们只要付百分之一的药费。我花了二十多块拿了三种成药，其中还有一大罐的川贝枇杷糖浆呢！第三次进医院，是因为一位朋友在北京的航天中心医院实习，同样也

是一家大医院，但是附近荒凉得多，可能是位于地铁一号线的最西边几站，整体感觉并不如北大校医院那样的干净明亮。走进门诊大楼，先是闻到浓烈的消毒水味，接着朋友带我走过心脏内科、儿科、胸外，在经过儿童病房的时候也偶尔听到几声小孩的哭声与尖叫声，不知为什么，这间医院的感觉让我想到了四川地震的画面，还有玉树的灾情，也想到台湾的 9·21 大地震，虽然我不明白这里的医疗和台湾究竟有什么不同，我只知道在这里的医学院毕业生还不能回台湾执业，我所想的是，这里也许需要更多的医学设备与资源，因为这里有更大的地，更多的人，更多的生命必须被尊重。我

中秋活动，我们表演的方言节目，我说的是闽南语

常在《读者文摘》里看到在怒江或是更偏远的地方，许多人愿意跋山涉水到少数民族的部落去帮助那些没有得到医疗照顾的人，或是在台湾有教会组织医疗团来大陆的偏远地区义诊这样的故事，我很感动，因为有些东西似乎凌驾了那些争执，生命的尊严更受到关心。寒假回台湾，我也看到了跟医疗相关的新闻，主要在说二代健保的法案没有通过，某个"部长"下台了的报导，还有台湾医学院的学生第一志愿是皮肤科，而大部分的人都不会选择当一位风险高又赚不了钱的重症医生，而大陆的报导，是说着医学常识不普及，不管大小感冒每个人都打点滴，甚至要求医师给他打点滴（输液），成为了一个"吊瓶大国"的现象。想到这里心里有点沉重，当我正坐在病房外写着这些字的时候，送晚餐的女孩推着餐车的声音打断了我的思绪，她一声声地喊着：打饭了，赶紧打饭了。接着一位行动不便的老奶奶拿着餐具走出来，她便小心翼翼地搀扶着她，说着：今天是香菇油菜，我给您送进去吧，米饭一两对吧。接着再继续用细细的声音继续喊着。我一直以为北京腔既尖又难听，但这一声声的打饭声，在我的眼里，跟医院的暗黄惨白合为一体，真的是我在北京听过最温暖的声音了。

在我观摩汉语实践课堂的时候，说到的是网络颠覆了很多人对大陆的想法，像是颠覆了含蓄等等，连我很喜欢的台湾作家侯文咏，也在博客里有自己的空间。这个主题里还提到了韩寒，这让我想将台湾的网络世界与大陆的网络平台做一个连结的想法。在台湾时第一次看到韩寒的名字是在《天下》杂志，里头说他拥有多少粉

丝，他的言论如何对大陆社会造成影响。我终于忍不住去看这个名字出现无数次的人到底是谁。搜寻后，看了他的博客，我甚至还没有看他的文章，心里就有种"太酷了吧"的想法。他的博客首先注明：不参加研讨会、交流会、笔会、不签售，不讲座，不剪彩，不出席时尚聚会，不参加颁奖典礼，不参加演出，接受少量专访，原则上不接受当面采访，不写约稿，不写剧本，不演电视剧，不给别人写序。看完我马上拜读他的文章《马上会跌，跌破一千》，内容说得有立有破还有幽默，让人看了就能马上明白这样一个人，为什么在现在能这么火。再回头看看台湾的政治，我们为什么都说是打口水战，因为许多人是靠电视曝光来争取个人知名度，他们必须骂来骂去打来打去，才有人会关注收看。我有一位高中同学，他曾梦想当一位记者，所以大学时考上政治大学新闻系，这个系是台湾新闻界的第一志愿，当时我们都替他高兴。四年后他说他不进入职场，他要继续念书，他念了政治大学的东亚所，主修两岸关系。大家见了面都问他，你不是最想当记者的吗，他回答了很多，主要说了，台湾有太多人借着言论自

第一次度过下雪的冬天

由、新闻豁免权等等的"自由条例",来攻击人或是攻击社会,而媒体是要有收视率,报纸是要有人买的,所以他认为他当不了一位"被需要的记者",就像是台湾很有名的综艺节目"全民最大党"里面的一个仿香港用耸动标题来吸引人的报纸一样,调侃地打着对联写:以天下八卦为己任,置他人死生于度外,横批:言论自由。这样一个节目同样用幽默的方式为老百姓解闷,所以我看了韩寒,我很能体会"被解闷"的感觉:你知道你没办法改变什么,但当你知道有人跟你想得一样,气得一样,更重要的是把这种"气"呈现得这么好还这么多人关注,你就会想支持这个人,而这个人就会成为一股力量,让这个社会更好的力量。

除了写文章贴照片的博客之外,还有新浪微博,意思是微型博客,最多只能发 140 字,台湾现在有很多人用微博,是因为许多的明星艺人也使用,像是最近很火的大 S 与汪小菲结婚的讯息,就是在微博上发布的。以前我在台湾用的是无名小站,结合了相簿网志,是一个部落格(博客)。自从 facebook 网站进入台湾之后,就连我的爸爸也用,无名小站自然也就慢慢不为人所用了。我在无名小站上常常写些比较长的文章,但是当我开始用 facebook 之后,它的主页面是"what's on your mind",你只需要写个字,哪怕是一个字都可以,你的朋友就可以到你的页面写下 comment,或是按下 like 的按钮表示赞同。我记得当时用了半年,就觉得自己相对于用无名小站的时候还不会写东西了,情感的表达变得很短很简洁,久了之后反而不会去铺陈描述了。大陆这里反倒还好,几个著

名的博客点阅率非常高，而我记得在台湾，点阅率高的都是些网络正妹，或是穿搭文章的部落格（博客）。在大陆也有一个很独特的现象，这里就是有能力发展出相同的东西，例如 facebook，这里就有一个中文版叫作人人网的网络平台，几乎全中国的学生都会使用；还有一个跟 youtube 一样好用的视频网站，叫 youku；还有可以看所有电视节目的土豆网。一开始会因为不能连一些国际网站心里有些不平衡，但是正因为如此，让我深入了解在大陆的人是怎样与世界连结的，他们是用自己的方式，虽然感觉有点强烈的民族意识，但其实这样的精神也同样体现在现在非常竞争的大陆本地同学中。像是我报考的哈佛大学在北京的项目，就有超过四百名研究生

我们在国家大剧院

报考，非得努力以凸显自己的不同，才有办法脱颖而出，这样的精神其实很容易就能感受得到。这片土地太大，人太多，每个家庭又只生一个小孩，个个都是备受宠爱与期待。有时候我们质疑为什么大陆的人总是态度强硬似乎有点不讲理，其实有时是因为只要不大声说话，这个世界就听不到你的声音，你不往前冲，你就搭不到车赶不上地铁，所以如果台湾媒体说大陆学生多用功，我想也必须了解"用功"这个行为背后的社会价值。无论初来乍到的人觉得好不好，它实际上已经不能用好或不好来解释了，就像没有办法说用手抓饭的印度人是不文明，用筷子就比较有文化，只能说，学习尊重每个个体存在的价值，才是做一个现代人该有的素养吧。

　　记得我刚才说到韩寒以及网络对世界的力量，我想借着这个话题介绍一本叫《读者》的杂志。一翻开，三月份的卷首语醒目地写着：别想摆脱书。我很感兴趣，因为自己也是一个在网络与书籍中找不到平衡的人。这本杂志半个月发行一期，至 2011 年 3 月共发行了 3491 期，里头先是对几种不同的文体做分类，有文苑、人物、社会、人生、生活等。举例来说，在人物的分类里，写了一篇关于史铁生的故事，我对他不是很熟悉，所以我马上查了图书数据，这才觉得惊讶：一位残疾人，用了一种最谦卑宁静的态度面对世界，他的笔虽不犀利，但是刻画在土地上的力量让人为之震撼。我一直很喜欢阅读关于城市的记忆这样的散文小说，可以跟着史铁生的车轮痕迹走进了地坛，或者顺着林海音的童年记忆住进了北平的四合院，可以在我踏进这些地方前，在脑子复刻出以前的街景。无论地

我们在南锣鼓巷

方大小，总有自己的故事，翻找出这些故事，异乡的感觉也就消去许多了。

还有一本杂志叫《新周刊》。我看了一期用了大半篇幅介绍故乡。高中的时候看余秋雨《山居笔记》里引着崔颢的诗说日暮乡关，只让人感到一点乡愁，而《新周刊》的封面却令人有一种绝望的感觉，"不要问我从哪里来，因为我已经没有故乡"。我想起去年十月学校放了一次长假，所以整整一个月大家都在问：你放假回家吗？你家在哪里啊？有没有注意到，用的都是"家"，而不是故乡。贺知章的《回乡偶书》说得是唯一的连结只剩下乡音了。我特别喜欢昆明诗人于坚的一段话：如果在昆明这个地方不是因为有我的父母和我的朋友还住在这里，我想不出还留在这里的理由……因此，汉语是我最后的故乡，朋友是我最大的故乡。让我想起了我的故乡——澎湖，是台湾西南方的群岛，我在那里出生，和爷爷奶奶生活，直到上学才搬回高雄和父母一起住。如果你要问我这个靠海的小岛是否有所改变，其实在记忆里的永远是最美的。当我坐在港口边，背向市区面向海，这一切还是跟小时候一样。与其说故乡强迫我们变成一个陌生人，其实这个世界也使我们更不认识自己了。记忆就算一直倒退，我的眼中也看不见爷爷奶奶眼中的故乡，我的故乡是他们的陌生，他们的熟悉又是更多人的陌生……对于故乡的消逝，我们怎么可以责怪任何人呢。

包机回台湾！好开心

我的幸福全家照

　　前几天班上讨论到一篇汉语教学的范文，说得是四合院里的生活，住着许多人，敦亲睦邻这样的情况。我的观点一说出来让我的同学们都吓了一跳，我说"太可怕了，你怎么敢让你的邻居去接你的小孩啊，都不怕他是坏人吗！很可怕耶！"对于我的不敢置信，同学们都表示他们小时候这样的情况很常见。我只记得，上学之后，大家都去安亲班，一个等爸爸妈妈下班来接小孩，弥补空档的地方。有一次我偷偷不去安亲班——去了同学家玩，我的爸妈气疯了，我在家里跪了好久。新闻里也常常报导邻居犯下什么令人发指的事件，像是绑架勒索，所有的父母就更担心了。其实，如果我的记忆里也能像我同学一样多好，那才是和谐的伦理社会。可是又想，他们要承受的城市转变也许是更大的压力，一位大陆作家李承鹏就说："家乡是用来逃离的。"又在他的博客说："我的眼里没有北京人和外地人，只有穷人和有钱人。"有时候我觉得我的心情跟没有户口的北京人很像，跟这个作家的想法也很像，我有自己的家乡，但我在外地的时候想着她，回去之后又只想离开，而自己现在处的地方又找不到一份归属感，常常想着我到底要去哪里。像李承鹏说的："故乡就是拿给你使劲怀念，却拼命要逃离的地方。"我们没有办法回到故乡，是因为区别在那片美好之外，还有一个极具竞争的社会，总有一天会回去，或者，让另外一个地方变成下一代的家乡。

　　我的故乡有着马尔代夫的海，希腊的天空，还有更多亲切的讨海人。我不愿意像杂志里写得那样悲观地想念着，更好的方式，就是让故乡长存在活着的人的心中吧。

黎思岑

在北京这片天空下

毕业于台湾"中国文化大学"，曾任中学教师。喜欢，在大自然里遨游；讨厌，跋山涉水的流汗；喜欢，在繁华之中寻求宁静；讨厌，在宁静之中制造杂音。

初来乍到

从烟雾缭绕的华冈，来到大陆，来到那传说中的京师大学堂。在北大，我开始写下属于我的故事，跟大家分享，分享我的梦想、我的生活。如同《海角七号》这部卖座电影，因为它是一个实现梦想的故事，而每个人都有一个梦想，只要把这个梦想做大，也许哪一天，它就实现了。

以前，我从来没有想过，我会到大陆念书，更不用说到北京大学。从申请到确定录取，真的就是在做梦。

所以，今天跟大家分享，我在北京的日子，分享我的梦。

我家在台北，乘车可以到达，只是非常的久，要一直换车。但依据我们家刘小姐（我的母亲大人）所说："出门像丢掉，回家像捡到。看电视比看女儿容易。"平常出门在外，我可以不给家里打电话，因为我秉持着良好的信念，即没有消息就是好消息。

皇城在我的眼前恢弘展现

2010 年 8 月 31 日，准备搭乘七点的航班前往香港转机，结果该死的台风再一次印证了"计划赶不上变化"这句至理名言。原本预计搭乘的航班被取消了。地勤人员很好心地对着完全傻眼的我说："你可以搭乘前一班飞机前往香港。"我心想："还好，我早一点到了机场！"我赶紧问："那请问是几点的飞机？"他说："六点。"我看了一下表："喔！现在不就是六点！"他说："没关系，我们会等一下。"我瞬间开始呼吸急促、心跳加快！与我亲爱的家人拥抱之后，我就急奔登机口。几经波折之后，我终于抵达心之向往的北京。刚下飞机，就看到一位已在北京生活许久的社团学姐早

带着一只皮箱，来到北京圆我的梦想

已在机场等候。

　　看到这儿，我想你会发现，我是个独立自主性极高的小孩，套句俗话"出外靠朋友、四海之内皆兄弟"，也许离开生活已久的台北，或多或少会有些不适应，但既来之则安之，就在北京建立新的生活圈呗！

京彩开始——校园生活

　　刚开学之际，看着这陌生的校园，真的是很奇妙的感觉，那个传说中在中学课本里才出现的名词，现在就这样活生生地出现在眼前，和那些历史人物一起生活在同一个生活圈之中。这真是太神奇了！

我在湖面中心看到博雅塔

历史与现实的交错，我在南京 1912 等你

而文史哲相关科系，座落在北大校园的静园一角，那是三合院的样式，夏天时绿叶爬满了围墙，庭院中是不知哪年就已栽下的树苗。可惜我的文字造诣并不高，没办法描绘出古色古香的味道。但唯一让我印象深刻的还是来面试时所见到的景像。在明明应该是春天降临的三月，不该出现的枯藤老树，却都出现在这样深具古意的院子里。听着感觉很沧桑，但对于本来就在追求古老过去的我，历史不正好就是这样吗？拿着现在的学生证，可以在图书馆之中，尽情翻阅民国时期旧报刊，而不是看计算机档案，真的是当时印刷的刊物。对念历史的我，是更有感触的。

　　本身外语能力不是一等一的强，对于世界史我是避而远之，研究中国历史，来这里再适合不过！

　　北京大学和文化大学有一个共同点，建筑都是中西合璧，最大的不同就在于，文大非常的小，北大非常的大。正式开学之后，逐步发现，有差别的不只是校园的大小，而是学生用功的程度！以前的我懵懂无知，非常不认真，这也怨不得别人，老师们开的参考书，我天真地相信它就是"参考"书，参考嘛，就是可看可不看！

　　但是，大陆的学生非常用功，早早地起床去图书馆，传说中在期末考周之时，还有同学天未亮就去图书馆排队抢座，我没办法验证这个信息的可靠度，毕竟要我这么早起来是比登天还难的。开学之初，同学们一下子就去图书馆搬了很多书，就连我亲爱的室友们在拥挤狭窄的小宿舍之中，也一摞摞地放满书籍。而我的书架上，就只有一本——《北京旅游》。再次证明，我是很想要来体验中华文

崇祯自缢处。Oh！崇祯，你原来如此苗条！

化，没办法，司马迁早就告诉我们，读万卷书不如行万里路，太史公的史料，何尝不是从父老乡亲们口述而来。所以也不能怪我只有一本《北京旅游》，说到底还是贯彻了他老人家所教给我的智慧啊！

也许因为人多，竞争力不免也相对提高，加上北大与国际接轨，常常会有很多讲座，用各种语言的讲座。这些讲座，常常都会爆满，提前一小时去抢位子真的不夸张，听一场讲座胜读十本书。处于信息爆炸的时代，在北大，天天都可以接触到最新的知识，这是以前所不能体验的。现在的我是真心体会到，一定要走向世界，才不会轻易被这个舞台所淘汰。在全球，每分每秒都有新生儿诞生；在北大，每分每秒都有新信息传递，就看你准备好接收了没有。

来念书，最大的不习惯，莫过于文字方面。以前有位天津的朋友说过："繁体中文，简单地来说就是穿了一件棉袄的字。"现在却要习惯这些脱了棉袄的字体，有时候后来的"后"，以及王后的"后"，在简体中文之中，写起来都一个样，若不仔细推敲文意，就会误读资料的含意，对研究而言，真不是什么轻松的事情。再加上从小学的是"ㄅㄆㄇㄈ"，大陆则用拼音"ｂｐｍｆ"，以计算机输入法来说就有很大的差异。不会拼音的我，某日到图书馆查书，看着计算机，盯着输入法，就是打不出来，连假装用功的机会都没有，真是遗憾！难得我想用功。所幸后来很聪明地自己从系统中加入了微软注音。

　　来北京之前，以前的同事们，提前帮我庆祝生日，当时的我许了三个愿望，第一个就是："遇到很好的室友"。从小到大，愿望没实现过（不过也是因为愿望太不切实际），还好在我想要实际的时候，天公伯总算听到！我的室友们真的很好！她们分别来自江苏、内蒙古、陕西。

我在湖广会馆。人生如戏，无论你是台上的演员还是底下的观众，都有属于你的位置

先说说来自江苏的女孩吧！她以前是念中文系的，现在秉持着文史不分家的精神，投奔历史这条不归路。话说，她还非想来外双溪旅游，为何指定外双溪，因为那有钱穆故居，我想这才是她投奔历史系的主因吧！也许是念中文的关系，她非常的传统。在这里提及她，想低调一点不写真名，于是取个代名词，我说："Ａ君好了。"她说："不行！一定要是甲乙丙丁。这样才是中国人。"因此我决定称她为小甲。

小甲同学很可爱，你跟她生活在一起，就会被传统文化包围，常常在古书中看见一个情景：树下，三五好友品茶论诗，逍遥惬意地渡过午后时光。小甲就是这一类型的人，在北京最美的季节——绿叶转黄的时机，自备整套茶具，带着《诗经》，慢慢享受片刻的宁静。经过的时候你也不用刻意放低音量，因为她已经达到"心远地自偏"的境界了！

大陆各地饮食风格差异相当大，以前曾经听说过"东酸、西辣、南甜、北咸"。没有亲自来体验，真的不会知道原来台湾的麻辣火锅都是假辣的，这边说会辣，就真的是会辣，不是开玩笑的。所以他们也练就一身吃辣的好本领。来自内蒙古的同学，秉持我们寝室一贯低调的原则，在这里姑且称她为"辣妹"，之所以这样称呼，不单因为她的外表，更多的原因还是与饮食习惯有关。她对辣的承受度不是一般人可以达到的水平。她超级能吃辣，就在我们寝室例行聚餐时，她点了"变态辣"的食物，信心满满地说："没有任何一种辣可以征服我"。不幸的是，变态辣真的很辣，它已经超

北大未名湖畔：是春天不是冬天，是北大不是清华，是未名不是无名

越辣的境界，它根本不是辣。就这么一次，唯一的一次，我看见"辣妹"因为食物而落泪。

　　"辣妹"还有一个令我非常震惊的特色，通常我们设闹铃，都是设定五或者零这样的整点数字，但是辣妹跟一般人不同。在晚上入睡之前，她会通知寝室所有的人，手机闹铃明天几点会响起，于是我就听到最特别的设法。她说要设定七点三十三分，我们说：这样会不会太晚，会迟到吧！但她振振有辞地说，这样可以赖床两分钟，再起来，而且又不会迟到。只能说还好她有风火轮，可以迅速地赶到教室。

　　最后说这位从陕西来的女孩，我称她为小朋友，没有其他特别的原因，任何人看见她，就会觉得她就像个小孩，对周围的事物永

远都充满着好奇，水汪汪的眼睛无时无刻不在探索。当你发现旅游书没有办法给你详尽的信息时，咨询她准没错。期末回家前，正巧要帮朋友们带一些伴手礼，也是小朋友帮忙而完成，正当我开心地说终于买齐清单上所有的东西时，她默默地在旁边说："那是，也不看跟谁来。"瞧瞧，她就是这样的可爱。

除了学术问题之外，你可以跟她讨论五月天，也可以讨论某化妆店的面膜，她关注这些东西的程度，往往会让我反省，到底谁才是从台湾来的。也许是网络让我们没有距离，你也不用担心来这里没有话题，因为共同的话题依旧很多，很快就可以融入这个大环境之中。

而同学们要各自说起家乡话，那还真的听不懂，唯一共同可以沟通的就是普通话。偏偏我的普通话说得很不标准，尤其肚子饿的"饿"与一二三四的"二"，只要是出自我口，估计没人能听得懂，很对不起小学老师，注音符号也不过三十七个而已，我还分不清，真惭愧啊！但也还好，同学们都很包容。

能有来自各地的同学，真

走近历史，触摸长城

离开都市的喧嚣，迎接无边的自然风光

的是一件很棒的事情，对各省的了解，不再只有地理课本微薄的知识。以前我的同学最远不过就来自澎湖，现在的同学都是来自大陆大江南北，甚至还有海外的国际学生，话说这也是想来念北大的原因之一，可以遇见来自各地的佼佼者，然后假装和他们是在同一个水平线上，但心中很清楚，"大学不努力，老大徒伤悲啊"。最好还能在放假的时候跟他们一起回家，借机浏览一下大陆的景色，真实体验以前电视常听常见的"风雨千年路，江山万里情"。

在北京、在大陆，也许因为地域广大，距离感就是不一样，虽没有岛民心态，但这样回顾起来我还真是个岛民。同学们会说"很近，一下就到了"。30 分钟的路程，他们走起来也不远，但对我而言 15 分钟的路就觉得很遥远了，走就走呗！正因如此，在北京不

知不觉还省下我健身的费用，然后再把这些健身费拿去置装，老天爷对我可真好！

京奇体验——校园之外

　　学校像个碉堡，各个方面来看都可以这样说。常常会听到人家提到北京的时候，都会说"老北京"，北京作为一个首都，从历史来说，她的确有些年纪。但"家有一老，如有一宝"。所以，走在北京会有很多惊奇的体验，甚至有种时空交错的感觉。若你跟我一样热爱历史文物，那么我相信就如同 2008 年奥运所说，"北京欢迎你"。一到北京，说话也好、饮食也罢，真的会有种置身在古装

崭新的前门，延伸的中轴线，古今的交汇

戏之中的感觉。

有一回，我去找那位在京生活已久的学姐，她居住的地方，恰巧就在以前袁世凯办公的胡同附近。那个当下，真的只能用太神奇来诉说了。有一种感觉，虽然我无法住进紫禁城，但也可以找个类似的地方过过干瘾。以前的某个王府，可能就变成某个中学，兴奋喜悦之情，真的难以形容。甚至，几年前让大家耳熟能详的连续剧——《大宅门》里白家以前的

五一的中山陵，孙先生怎么会寂寞

住宅，现在也变成餐厅，里面的服务生，穿着满清时期的服装接待各位贵宾，不来体验又怎对得起自己呢？

在北京，你可以找个胡同随便走进去，不用想终点在何处，也不要担心会不会是死胡同。别想太多，走就对了，因为几米说"迷路是走路的一部分"！这个当下，就尽情享受一下那种感觉。请想象一下这个画面，整天什么也不去做，也许就只是坐在那边听听老朋友说话，又或许是独自一个人发呆，仿佛在一个时光的隧道，和煦的阳光照耀在那古老的砖墙之上，静静地抚摸，然后聆听这些岁月的痕迹。

在大自然的岩石缝中，我们像极了水帘洞中的猴子

又或者你可以前往郊区，踏上那万里长城，管它是不是万里，反正你也走不了万里，那一阶阶的台阶，是无数个小兵小将们踏出来的血痕，历经多少次的风霜、战火的蹂躏，依旧屹立在这里，俯视着无数的炎黄子孙。站在上面，内心是很澎湃汹涌的，因为几百年以前，这里可能正发生着惊天地、泣鬼神的事情！

来过北京的人，一定去过紫禁城。那些来京的旅人之中，又多数是冲着这宏伟的宫殿而来。大部分的人们，喜欢走在中轴线，沿着那些皇帝足迹，看着他们办公、休憩的地方。相较之下，我更喜欢坐在旁边，观看这故宫的建筑，思考这座宫殿在想些什么，是像石桥一般在等待五百年、一千年，只为伊人经过吗？还是她在惋惜着这些过往的人群，每天为俗世烦恼而忧愁，而忽略欣赏她最美的

没有跌倒前，姿势还是挺帅气的

大陆游：烟花三月里，小桥，流水，人家

在卢沟桥上数狮子和念绕口令一样困难

我等，我期盼：冰雪会融化，春天会降临

仿佛琉璃说：等待了千年，为何良人不归来

故宫之大，我之渺小

地方？在北京，诸如故宫、长城这些拥有岁月痕迹的地方还有很多，它们都等待我们去和他们说声 Hi。

　　走出故宫，穿过天安门广场，可以看见那新修的前门大街。但，别只顾着逛街。要记得转近她旁边的巷弄，这才有北京的味道，听着店门口的大叔们，叫喊着"爆肚、豆汁"，每一间都有说不完的历史，争相要请你去品尝。别害怕豆汁的味道，喝过才知道，也许你就会爱上豆汁。

苏淑卿

我的读京记

台湾工作 15 年后，远赴北京进入北大，重温惬意的校园生活。两岸最好的学校，台大、政大、北大都读过，开始尝试前 30 多年没做过的事——教书、游学和低碳工作推广。

□ 教育背景

※北京大学经济学院博士班就读中(研究方向：低碳经济及能源管理)

※台湾政治大学经营管理硕士－全球经营与贸易组硕士

※台湾大学法律系法学组学士

□ 工作经历

※北京大学经济学院低碳经济研究中心筹备组秘书长

※台湾飞利浦照明现代零售通路资深通路业务经理

□ 重要工作

※中国宋庆龄基金会事业发展中心"低碳，从纸做起"项目办成员

※第十届北京市中小学生金鹏科技论坛"低碳，我们在行动"组委会成员

□ 授课经验

※北京大学耶鲁大学联合本科生课程、北京大学伦敦政治经济学院暑期学校《中国经济发展导论》课程助教

※《流通渠道研究》中国传媒大学广告学院兼任讲师

第一部分：低碳行动在北京

2009 年来到北京，与其说是读博士学位，不如说是追求一个自己还理不清的梦。工作十多年，一直专注于营销及业务范畴，并担任外商公司的管理阶层，如果说本本分分做，应该有机会到达台湾区主管位置。但，人心总是不满足的，只是我的不满足不在于收入，而在追求一个更大、更广、更持久的世界舞台，眼见台湾市场萎缩、边缘化，甚至恶质化，躲在大企业里本分做事，仍不能免于业务转移或者公司关闭，所以毅然决然走出大公司的保护伞，抓住最后的一点青春，试试自己能闯出什么名堂。读书是了解一个陌生社会最简单入手的方法，北大又是大陆第一学府，对自己也有一定的加值作用，就这样开始大陆求学之路。

我与低碳

经济学范畴广，我的专业是国际经济，主要研究方向是低碳经济与能源管理。为何研究能源管理及低碳经济？这和过去的工作经验有关系。曾经在营业额世界第一的照明公司担任资深业务经理、产品行销经理及通路推广经理，自进入照明产业之初，公司主要销售产品是节能灯，整体行销主轴为节能减排、赞助各种节能公益活动、自主发动偏远社区的环境保护工作、配合政策积极派员工参与政府节能推广行动、为促进产业发展投入研究制定相关法令及产业规范等等，各种工作都把我带往节能减碳的方向，各种压力也迫使我加强吸收节能减碳知识，于是产生研究节能减碳议题的兴趣，当有机会回到校园重拾书本做研究，第一个且唯一的选题自然是"节能低碳"。

因为关注低碳议题，我参与北大低碳经济研究中心的工作。低碳经济研究中心是国际经济研究所下设的研究单位，以建构低碳经济理论体系、推动中国低碳经济相关研究和实践、关注中国低碳经济发展中的产业影响为使命，并期许成为政府对话的新管道、社会宣道的教育平台，形成一个产、官、学三者联系的交集点。

公正、中立单位对于产业发展极其重要。从过去的产业经验，我了解到优良企业致力于研究消费行为，然后运用到行销方案中，希望引导更多的消费者及整个市场往更节能的方向发展。但苦恼的是，厂家投入研发产品，并行销到市场希望为消费者青睐，常误以为是商业噱头，于是产生排斥心理而不愿接受，其中最大的问题是没有第三方的公正单位为两者搭桥牵线，降低消费者的质疑，此时类似我研究中心的学术机构正适合扮演此公正第三者角色。一方面因为有相关专业知识，有能力了解产品是否具有节能效果，并做必要的检验及评估；另一方面因为经过检验与评估，对各厂家产品有相当认识，推荐厂家产品时有确实的科学依据，厂家的努力也受到肯定，未来更有意愿继续投入研究，这样把消费者与厂家衔接起来，彼此形成一个良性的互动，便可建立一个优质的商品市场。

台湾低碳经验：倒垃圾

但低碳可不尽是高科技、大设备的玩意儿，我们认为低碳应该是简单易懂、人人可操作，要引起社会大众的回响与配合。

2007 年有一位老外记者投书华盛顿邮报，畅谈她在台北学到的垃圾功课，鲜活地演绎低碳应该有的简单易懂与可操作性，她说："在台湾处理垃圾可是件大事。我对此事的首次体认来自我在台北的房东，她帮我上了堂速成班，教我如何像本地人一样倒垃圾：首先，到转角的便利商店 7-11 买台北市专用垃圾袋，然后到附近巷口等垃圾车，最后，亲自把垃圾倒到垃圾车里。房东说，垃圾车到的时候有音乐，所以你一定会认得。我一听就认出来了，那是单音版的贝多芬名曲《给爱莉丝》。"即使初来乍到的老外萝丝，也能很快地知道如何在台湾正确地倒垃圾。

但这简单的倒垃圾工作背后其实由复杂的分类逻辑、完整的废弃物处理体系与全民努力配合共同支撑起来。萝丝说："……资源回收车通常跟在垃圾车后面，但它们只在特定几天出现，而且只收特定物品……塑胶瓶和塑胶袋要分开处理，平面类资源回收（如保丽龙餐具和纸制便当盒）只有周一与周五回收。如果你在错误的时间提着一捆报纸，你会听到清洁人员的抱怨，老外装无辜也没用。"我自己的经验是误把装厨余的垃圾袋一起倒入垃圾车，立刻被清洁人员纠正以后不可以再乱倒，只好红着脸连声道歉下次不敢。

　　"行人道旁倒垃圾的经验是我认识台湾废弃物处理体系的开端，市政府环保单位员工与市民各司其职，使这个体系运作顺畅。看着这个城市井然有序的垃圾分类……我感觉自己跟这些'拿着夹子的女士'站在同一阵线上……她们每天仔细地检查捷运站与大学校园里的垃圾桶，寻找铝罐等回收资源。"虽然萝丝在台湾居住不到 2 年，却如此融入台湾全民垃圾分类及资源回收的队伍。其实复杂的分类与全民的配合效果能够如此之好，很大部分要归功于学校系统的贯彻执行，孩子们先在学校学到正确的分类回收习惯，接着带回家庭，影响大人跟着照做，由下而上成为真正的全民运动。

　　这项全民运动无意间还成为邻里的交谊时间。"等垃圾车是台湾最生动的社区经验……夜市小吃摊老板手提一大桶蛋壳，跟便利商店的店员聊天，旁边站着一群交换厨房用具的菲佣，活像周日早上的跳蚤市场。拾荒者迫不及待地收集厚纸板与报纸，希望能多卖点钱。里长也会出来吹哨子保持交通秩序。"我在台湾住的社区不大，才不过 50 多户人家，假日、白天不一定碰到人，但晚上到点《给爱莉丝》响起，一阵骚乱开始，楼上楼下急促脚步、大人小孩嬉闹，似乎都要全员出动来倒垃圾。社区小，还无法形成萝丝说

的"跳蚤市场"，但等垃圾车，甚至跑垃圾车，拎垃圾袋、垃圾桶和邻居聊天，则是不少人每晚的必要运动，很是有趣。

记者出身的萝丝，还从倒垃圾课程扩展到消费者责任："……曾经生活在一个，被期许使用买来的物品时，要回收每一个剩下的优格杯子与果汁罐的地方，让我感受到文明社会里干净街道的意义，也让我体认到，我对我消费的每项物品都有责任。这门功课，跟中文课一样有价值。"制度设计当时，不知政策制定者有没有思考过这么深远抽象的责任？印象中那时的主要争议点停留在垃圾袋费用如何计算、民众每月增加的支出、收的钱给谁、怎么用这钱，绕着钱的问题打转，而许多配套的执行机制，全是后面一步一脚印发展出来，幸亏当时不畏任何压力坚持执行多年，才能顺利完成整套体系。

大陆低碳经验：金鹏青少年低碳论坛纪实

我和萝丝一样，来到北京也开始参与本地的低碳工作。我观察到大陆的低碳科普也在往基层走，也开始由教育界发挥对整个社会的影响力，似乎依循着台湾相同或类似的路径，姑且不论完成的低碳工作成效如何，过程中教育工作者与父母协力培养下一代的苦心与努力，绝对值得传扬。

北京市中小学生金鹏科技论坛，是北京市学生活动管理中心主办的中小学生科技活动，自 2000 年开始举办至今已有 10 年之久。

最早可追溯自 1982 年起的中小学生爱科学月，但当时仅限于知识性的考察，以考卷形式进行，一直到 1994 年朝阳区青少年活动中心"学生科技节"，鼓励学生留意生活周边的科学问题，经过观察与研究找到问题的解答，然后把自己的研究成果在学生论坛上发表与各界交流，当时仅仅是朝阳区的区级活动。举办 6 年后颇受各界重视，在 2000 年升格为市级活动，各区皆选派学生代表同来参与，正式成为北京市全市青少年全体每年的重要科学活动。由于多数研究都要很长时间做观察，基本上每年 5 月的论坛活动结束，老师及学生们就开始准备来年的研究专案，主办单位朝阳青少年活动中心金鹏论坛组委会于每年 9 月发出隔年活动的征集通知，各区约在 9

领导、嘉宾与全体工作人员及学生代表合影纪念活动圆满落幕

月前完成区内作品的征集，11~12 月提出各区的优秀作品材料参与市级评选，3~4 月间公布获奖名单，5 月论坛。

初期各区对于活动内容不了解，主办单位便到各区办说明会，也多亏主办单位朝阳活动中心十多年不松懈的经营，才能从单纯的知识测验转为环境的实验观察，从区级活动升为市级。朝阳青少年活动中心，是朝阳区最大的青少年校外活动培训机构，也是朝阳青少年校外活动的基地，承担区内许多活动地举办。因为成立的早，累积多年的校外活动经验，也为北京市承办市级青少年活动，例如本文所介绍的金鹏科技论坛。

第十届金鹏科技论坛，一如既往地在前一年度 2009 年底展开

活动现场

征集，因为已运作相当长时间，各区县都了解活动内容及配合方式，所以征集工作并没有太大困难，真正难为的是如何做出与过去不一样的内容，而如此重要的任务便落在组委会身上。以 2010 年为例，组委会提出的改变有两点。首先，改变活动形态：过去单纯让孩子们报告自己作品及互动交流，其实并不符合"论坛"的意义，所以他们想到，是不是可以试着让孩子们自己来发表意见，真正让他们"论"起来？其次，既然要"论"，那么讨论的题目就应该贴近社会热点，才容易有共鸣引发讨论，那如何协助孩子们自己来准备议题，顺利完成论坛中的互动呢？于是我就被组委会找来咨询。因为他们发现 2009 哥本哈根会议之后，低碳成为最热议的话

平谷区学生呼口号响应低碳行动倡议

题，北大低碳经济研究中心是他们所认识直接从事低碳工作的单位，希望我们能从学术的角度提供一些协助。

了解到他们的想法之后，我们开始构思如何进行。其实在开始讨论时，组委会已经完成当年度所有作品的评选与答辩，也选出各级得奖作品，开论坛是为颁奖表扬得奖学生，也给各区县之间观摩的机会，但如何连接上低碳议题让学生可以论起来？第一，如果得奖作品是低碳相关议题，显然这得奖学生对于低碳有一些了解，或者至少对此话题有兴趣，那么他们可能比较有能力发表意见、参与讨论；第二，即使他们没有太多了解来做讨论，可以透过培训提供他们基础知识；第三，金鹏过去从没有让孩子们自己上台"论"过，担心他们没办法表达好，另外孩子们如果害羞"论"不起来，届时冷场那场面可就难看了，还是要"买保险"布一些暗桩，确保有一定数量的发言，说不定因为暗桩的"主动"发言会引发其他同学的呼应，这样就能达到"论坛"的实质目的。

有共识后，便开始着手研究得奖作品的内容，主办老师不能确定哪些与低碳相关，索性把各级一等到三等得奖作品名单给我，一看之下有点被吓到，得奖作品高达三百多件，数量惊人，而且其中难度更吓人，例如有这样的题目：《微波辐射对植物生长和植物叶绿素的影响研究》、《探究物体所接收的电磁波辐射强度的大小与波源和物体相隔距离大小的关系》、《电磁辐射防护服用织物遮罩性能研究》等。不知是我离开中小学太久，还是现在中小学的科学能力已经大大超越过去，估计对如此困难题目的实验必须有专业实验室才行，这不免让人怀疑中小学生能做出这一类的科学研究吗？抑或是依靠家庭或学校的支援才完成作品的？而且那种支持还必须很专业。

这样的怀疑确实存在，尤其金鹏科技奖是市级竞赛，对于学生们进入好的初中及高中是有加分作用的，望子成龙的心态驱使父母绞尽脑汁设法帮着孩子做，至于老师呢？他们面对升学成绩的竞争也希望能帮学生们挤进好学校，就这么推波助澜下，逼得主办单位发展出"答辩"环节来辨识学生的实际参与程度。如此也加大了评选的复杂性，整个流程必须提早，经过第一轮评选后，做基本的评分并挑选出有疑问的作品做答辩，经过答辩了解学生的参与状况后，就可以进行最后评选确定名次。且不论答辩是否真能辨识出学生的参与状况，还有多年甩不掉的巨大升学压力，类似金鹏这样活动的举办，如果不给农村的孩子多一些资源与协助，岂不成为拉大城乡差距的推手之一？那些家庭有财力或具备较多资源的城市孩子，容易取得参与金鹏的机会，可农村孩子们碍于资源问题连参与机会都没有，如果可以用金鹏成绩作为进入好学校的依据，相对于过去的考试制度，反而显得更不公平。其实城乡差距的事实从各区县的参加状况可以明显看到，到2010年为止，仍有延庆、门头沟两个县没有学生参加，其次，郊区县的作品内容深度与市区的相比也有很大差距。虽然了解这些弊病，但组委会没能力改变制度或者社会的想法，他们只能靠老师交情或教委力量鼓励郊区县参与，即使没有作品，指派学生和老师来观摩论坛也好，希望经过论坛中的

互动交流刺激他们有参加的动力，也在论坛上保障郊区县孩子的发言机会，不出现只有城区学生们说话的情形。据了解，终于在2011年金鹏北京市16个区县全部都有作品参与，整整11年，11次，真是组委会一项很大的成就。这让人很感慨，连首善之都的北京尚且如此，那其他二三级城市的情况不是更严重？

选出适合的学生代表后，我们需要展开培训，协助学生做论坛的准备。虽然对象仅仅是青少年，但是研究中心及组委会对讲师的选择也不轻视，一则不希望传递错误讯息，造成负面教育效果；二则如果没有充分的爱心，不能理解青少年的学习特性，把成人材料直接套用在青少年，孩子们是会消化不良的。经过多方考察，研究中心决定邀请中国社科院可持续发展研究中心秘书长陈迎女士作为金鹏论坛的培训讲师。陈女士长期投入环境研究工作，多年参与国际会议及谈判经验，发表大量研究论文并有许多学术专著，更重要的是她曾协助发改委与联合国儿童基金会、英国大使馆合办的《青少年气候大使夏令营》，为夏令营的青少年说明人类面临的环境问题，也为哥本哈根会议的青少年代表进行培训，因此在培训青少年方面相当有经验，是最适合的人选。热心公益的陈教授接到邀约，慨然同意协助，并且同意论坛前的培训之外，还在论坛当天做小型的讲座，让没有机会培训的孩子还能听到一些基础知识。确定陈教授的加入后，我们对论坛的完整性更加有信心。

第一次的培训在四月的一个周六上午，于朝阳活动中心召开。当天来了数十位学生以及十多位家长陪同，有仅小学三年级的小朋友，也有高中二年级的大哥哥，他们同坐一堂，孩子们的差距可想而知，我们就预见有这样的状况，陈教授在教授的过程中以简单浅显的语言解释，但课件提供比较复杂，详尽的材料，希望小学生听得懂又产生兴趣，中学生同时得到知识上的满足，颇费心思。我发现学生们都挺紧张，可能是知道给他们上课的是社科院教授，所以不敢乱动，过程中也都鸦雀无声，觉得有趣又心疼。讲座之后，进行分组讨论各自发表意见，其实主要目的是选出各组论坛时的"暗桩"，届时主动发言。既然要主动发言，需要比较活泼有想法的孩子才有此胆量，所以几位老师穿梭在各组间观察适合人选。感觉上大部分的学生都很害羞，极少数活泼的也不敢主动说话，必须老师们一路引导与鼓励，才羞怯地说一些。很有趣的是讨论时，有旁听的父母比孩子还热烈参与，不但从旁听席下来站到孩子旁边，一路拍照摄像记录外，在孩子说不出话时还做补充，望子成龙的精神果然让人敬佩。有一位特别小的孩子，原来是活动中心老师的孩子来旁听，这孩子还做不少字迹工整的笔记，学习精神值得嘉奖，但是不是有一点揠苗助长呢？挺让人担心。

　　讲座及讨论选人花掉一早上时间，终于确定参加下一阶段培训的学生，一一口述如何准备材料之后，让他们在第二次的培训时来演示。基本上是配合学生自己的作品内容来发言，例如有学生调查限塑令之后塑料袋实际使用状况的变化，有学生调查节能灯使用状况，也有学生直接调查青少年低碳认知，100%贴近低碳主题，他们只要简单整理论文内容便可发言。也有学生的论文是发挥想象力，描绘几十年后使用太阳能的生活情形，算是少数有趣又有创意的。虽然一个个详细口述说明，但担心孩子太小理解力有限，主办方的苗老师很有经验地请家长们帮忙，确保下周的培训效果可以落实。这论坛内容自此有一个轮廓出来。本来理想状况是每级有 2~3 个代表，但高中生周六都还要补课，很难拨出时间再参加培训，因此把较多重点放在初中和小学生身上，让他们担任论坛重点角色。然而面对这样的内容还是觉得薄弱，尤其无法呈现北京青少年参与低碳行动的积极性，多番脑力激荡之下，才想到哥本哈根会议的青少年代表有几位正是朝阳区的高中生，他们既可代表高中生发言，也是北京青少年积极参与低碳活动的最佳代表，将他们列入论坛，终于

笔者协助小学组讨论，同时还有家长热烈参与并摄像记录

组合出北京青少年参与低碳活动的全貌。

第二次培训只剩 7~8 个孩子，当然妈妈们也来了 7~8 个，我注意到每个人除了提包（有 2~3 人是电脑包），还拿个小手册，看起来是准备好好记录老师们提出的问题。这次每一组都带来自己的 ppt，果然有备而来，这个阶段我们要求学生想象自己就在论坛上发言。这对学生是很不容易，首先几个月的观察报告要浓缩成 5 分钟的内容已经不容易，估计都是父母协助才能完成，在内容还没吸收完全的状况下，还要对在场多位老师与同学侃侃而谈，除了那位有创意很阳光的孩子表现正常，其他人的声音颤抖得厉害，显然压力都挺大，最后让他们尝试发表 1~2 次，然后提醒一些比较大的问题就结束，不想给他们太大挫折感，其他就得拜托妈妈们协助孩子们突破各自的罩门。

其实组委会从通知学生培训那天起就和妈妈们保持密切互动。阳光男孩张栩焜的妈妈特别年轻，每次来都打扮光鲜，据说是外商公司行销经理。张妈妈说栩焜从小就很大方，胆子也大，妈妈常鼓励他勇敢做不同尝试，所以他常常代表学校参与各种比赛，妈妈虽然工作很忙，但对他的各种活动都积极参与及协助，而且一直说乐在其中，她是这么说的："很 enjoy 那种带着孩子的感觉，很开心。但真的很累，所以绝对不再生第二个孩子。"另一位来自密云县王禹尧的妈妈更让我印象深刻，据说他们每次来活动中心，必须早上 5 点半出门，因为密云实在很远，搭车要 3 个半小时才到得了，但她每一回都来，在第二次培训时，她儿子特别的紧张，因为

要求降低会场灯光的小同学主动发言

来自农村，本来就害羞，前一天又感冒了，在大家面前表现得结巴，比第一次还不好，当老师们给他一些意见时，怕孩子没听懂，妈妈急了，激动得自己说一次给大家听，让我们好不感动，虽然听得出妈妈会用的字词有限，但她却生动地表达自己换用节能灯的省电经验，如果不是她一路陪伴孩子关注这议题，是无法描述如此完整，每天那么多的农活，她竟然能留意孩子的事，更别说每次来回7个小时奔波，从没听她说苦，还直向老师们表示感谢，说是有大家指导她孩子才有机会，听了又让人心里一阵酸。其实后来还有第三次培训，那次是让学生及家长们勘察论坛场地，因为事多我就没有再参与，据说学生和妈妈们还是全员到齐。真的只有一个字可以形容这些北京妈妈们——赞！

　　5月9日上午，金鹏青少年科技论坛于北京市中国科技馆新馆隆重举行。新馆在2009年9月落成，为全中国最高级别的科技教育展览场地，设备规划当然首屈一指，能在这样国家级的场地举办论坛，让人特别感到主办单位北京市教育局对金鹏的重视。论坛场地是演讲厅，本来就是科技馆平日用来举办演讲及中小型论坛的场地，完全没有因为想是青少年的活动而打折扣，并且也做了必要的布置，入口处也需要报到，让学生们真真切切地感受如何开一个论坛。可以想象学生们进入会场时应该会被这排场给震慑住，不知正式议论时，几位暗桩们准备得如何，是否能有完全的表现？担心啊！

　　科技馆为本次活动费心不少，先派了一位人员担任主持人，从培训开始每次必到，配合学生内容的调整一路修改她的主持稿，因为是第一次主持，也是紧张到不行，我在心中一次又一次祈祷一切顺利。不到9点已经坐满了学生，每一区县都派人来，连没有作品的延庆和门头沟也来人了，不知苗老师花了多少时间说服，真不容易。9点半正式开始，领导和嘉宾们也一一进场，这里再一次看到组委会的用心，除北京市教育局领导，还邀请到科技馆馆长、科学院院士，也是前北京大学校长陈佳洱，以及各区县科技教育主管领导，尤其陈院士的到场让人无比兴奋，区区一个青少年的活动能动用一位科学院院士来祝福，不知李远哲听到是否会汗颜？

　　论坛前半段颁奖的流程行礼如仪，无比顺畅，十年经验果然了得，但后半段的论坛能否有这1/10水准，天晓得？或许老天爷听到我们的不断祈祷，主持人上场没有严重吃螺丝的现象，自然流畅，颇有大将之风。分成 4 组的学生发言，最让人担心的密云学生，似乎把妈妈的话背得滚瓜烂熟，非但没有结巴，连本来颤抖的声音也听不到了，最让人惊异的是哥本哈根会议代表的两位高中生代表，不但台风稳健，时不时会说一些会议中逗趣的事博得大家哈哈大笑，还有谈及他们在会议里各种特殊优异的表现多次引起在场惊叹声连连，我一直到论坛当天才完整地看到、听到他们的发言，真不错，好样的。也是他们一开始的精彩表现鼓舞到后面的弟弟妹妹们，整场论坛的暗桩效果十足，带动后面自主发言异常热闹。有学生提出自己的研究成果分享，也有学生建议主办单位应该减少现场灯光的使用，还有学生在反省自己爱吃肉的习惯不够低碳，号召大家和他一起少吃肉还可以减肥，引起全场爆笑。这些没有事前排练，完全是学生即兴演出，若不是时间有限，肯定还有其他有趣或者疯狂的想法及做法，挺像青少年应该有的活泼与天真，好不容易在升学压力下稍有一点释放，显露出他们的真性情。

　　这次金鹏的经验，我体会到活动主办老师们无比的爱心，为了让孩子们有各种学习机会煞费苦心，先设计出一套金鹏科学活动，让学生学习如何从身边的事物做科学观察，当科学观察成为大家熟悉的技巧、生活的一部分之后，希望进一步挖掘学生们自主思考及发表意见的能力，于是调整活动形式。既要训练学生，也希望改变老师与家长，让他们知道不应该只是重视得到名次，而要看重学生在过程中是否有所学习、有所收获，如果老师家长为了获得好成绩，代替孩子做完实验，做好美美的报告，孩子们其实啥都学不到，也枉费一次孩子们自己克服困难的教育机会。当然家长辛苦我们没话说的，只能用"无怨无悔"形容。

燕园反思

身为低碳工作推动者的我，在活动激情之后，还是要务实地自我反省，到底这次的活动发挥多大推广效果？现场虽然发表了倡议，也让领导、嘉宾、学生们签名昭告低碳行动开始，但具体的要如何进一步落实在现实生活中？从台湾的经验来看，要做好垃圾分类工

与中国科学院院士、前北大校长陈佳洱合影

作，首先进行校园垃圾分类观念的推广，再从校园走进家庭及社区，于是开始形成集体意识，大家有一致的信念做共同认为对的事，久而久之便可产生自觉，不需要强制命令、硬性推动，岂不是更能根本性达到和谐社会的目的？最近听说广东和上海也准备试办台湾的垃圾分类，希望很快看到他们试点成功，然后快快在大陆全面铺开，到那时我们可以对美国人声明——咱们中国人比美国人更环保、更低碳！

第二部分：行万里路读万卷书之京津行
——台北丽山高中京津游学记

来到北京，人的角色随着这古老城市的华丽转身也变得不同、变得丰富。从世界 500 强外商职业经理人变成北京大学博士生，从台湾政治大学 EMBA 硕士变成北京传媒大学老师，从关心消费者行为和销售数字的营销人员，变成谆谆教诲的教育工作者。过去只需关注如何创造公司最大获利，现在既要关照博士学位的课业学习，学生课程的准备制作与批改，更要为推广游学工作组织团队，带领团队进行理念传播、教材备置、活动执行、事后追踪等等工作，十八般武艺随时上场。

游学的古与今

游学，在中国或国外都有很长的历史，并不是新发明的事物，世界各地的文明中都曾发现类似的学习模式。在西方追溯到十六世纪文艺复兴期间，当时人文主义思潮盛行，以学习教育为目的的旅游活动《修业旅行》应运而生。最初是英国贵族子弟为印证所学或增广见闻，前往西欧其他地区体验各国不同文化，接受并学习语言与生活礼仪，借此充实自我，希望在不同的文化熏陶下养成贵族应有的气质与宏观的见识，到18世纪末则成为欧洲年轻人完成学习过程必要的一环。在中国，最早可溯及孔子，他带着学生周游列国，一方面四处讲学；另一方面也让学生们一路学习各国不同的风土民情，所以才有"行万里路读万卷书"此话流传。

时至今日，一般人所说的游学，反而停留在欧美澳地区的语言游学。如此狭隘的观念下，游学的规划便只考虑语言课程，部分搭配简单的当地旅游行程，至于文化体验与社会生活的了解并非重点，更遑论针对对象设计规划的创意行程可言。学到语言当然很好，但是没学到语言又对旅游地缺乏认识，其实和一般观光无异，不外乎"上车睡觉，下车尿尿"。如此的游学内涵在台湾早已备受批评，因为教育意义尽失，却假"学"之名大行其道，让不少家长学生们趁兴而去败兴而归。如此背景下，迫使许多教育专家们自己投身游学活动，规划符合他们学生需要的游学活动，于是以重视学习体验的新"游学"开始受到欢迎。游学不再限于"语言"的学习，更多融入当地人文背景了解及实际生活体验，尤有甚者，还安排行前的准备活动，指定阅读材料，或举办导读活动及讨论，希望参与者在出发前就有一个大致的轮廓与认识，于是能在"游"的观

察中，验证他们"学"的内容。这样的反思与转变也促成"台湾创意游学协会"诞生。

为提供全台湾游学工作者发表及观摩机会，自 2006 年起协会开始举办创意游学奖评比、发表暨观摩，成功评选台湾 300 多所特色学校，到 2009 年扩大为大型论坛，邀请各地的伙伴同好，分享台湾创意游学经验。两岸同文同种，教育发展的历程及问题接近，所以分享起来反响特别大，进而促成游学协会两岸交流中心的成立。我则成为了成为游学协会驻北京代表。

协会刚设立就得到我的学校北京大学认可，北京有游学活动开展时，我必须自己做推广活动准备与执行、后续成果追踪、协力厂家洽谈等等，如果活动规模大，还需要培训工作人员及监督活动执行等等，常常有三头六臂还不太够用的感觉。所幸，北大博士生的好处，就是有不少聪明绝顶的同学、学弟妹们可以帮忙，当然台湾同学在此也扮演极其重要的角色。

2010 年 4 月忙完北大教务部的活动，5 月便接到丽山高中访问北京的案子。接触丽山高中，是与陈校长难得的缘分，外子在一次会议中与校长交换名片，校长问到一些两岸的教育问题，相谈甚欢之下，校长聊起数理科资优班将到北京交流参观，希望外子给一些建议。外子受邀调整行程内容，规划北京天津作为最适当的游学地点。

深入了解，才知道丽山这群教育家为此事早已投注极大努力。原来这是数理科资优班一年级生的重要计划，因为行之有年，每届

北大校园导览

家长和同学们在入学之初就有心理准备，必须参加这项学习活动不能缺席，而且学校费尽心思规划，每届的设计与路线皆有所不同。见大陆迅速发展，今年开始往大陆一线城市出发，首先锁定北京。活动主旨是：借由访问及进班学习过程，体验友校学习环境及文化，落实学生多元学习活动，增长学习动机，培养待人接物礼仪，扩展学生学习广度与深度，虽然和老师们都是初次见面，但教育工作者的想法都极其类似，借游学走读扩展孩子学习层面的想法不谋而合。特别值得佩服的是，丽山的老师们在繁重教学工作外，还须兼顾此事，即使有旅行社协助，毕竟不是游学专业、也不熟悉教育体系，终究还是要老师们自己洽谈协调，其实执行起来相当吃力，

能够这样坚持执行多年，确实不容易。

　　据了解，这群高一学生虽然还没到选择学校的时间点，但数万公里之遥来到北京都很希望见识大陆第一学府的风貌，如果有机会同时了解北大对台湾学生的招生政策，更是两全其美。但北大校方向来是不接待高中访问团，幸亏我们与学校已建立良好合作关系，学校不但同意全程接待，为同学们做完整的北大学校说明与导览，还协调老师让同学们入班听课。其次，考虑这是数理科资优班，对于自然科学的兴趣不在话下，北京在此方面的教育推广工作做得最好的中国科技馆新馆，2009 年底开幕，比旧馆设计更加新颖且教育互动性更好，比台湾的科博馆绝不逊色，再加上财力够，设计新，软硬体都很丰富多样。不过科技馆通常不在一般的观光旅游路线中，若非详知"内情"者也不会带朋友到这么"有深度"的地方，可是这对于丽山的孩子们却很重要，因为他们有必要了解大陆科技教育的发展，意识到如此训练下大陆高中学生的科技水准，未来将是自己重要的竞争与合作对象，进一步刺激他们努力学习。外子与大陆的中国科学技术协会有长期合作关系，也曾在科协的年会上发表台湾创意教育的演讲，隶属中国科协的科技馆管理层也属旧识，所以很例外地全程接待学校团体，给予我们这支高中生队伍更多的关注。最后，天津也是我们极力推荐增加的路线，要看看比台湾高铁更快的京津城际高速，还有除法国以外全球唯一的空中巴士飞机生产基地，位于天津滨海新区。靠着协会天津办事处长期耕耘的关系，当此想法提出时随即得到天津市政府支持，协助安排行程。由于了解到实际方案时已经 5 月，仅有 10 个工作日去沟通各单位，又因各单位少有的接待经验，确实让我们相当紧张。

窥探第一学府

北大，是丽山到北京的第四天行程。初见这些半大不小的萝卜头儿，很惊讶他们下大巴车之后，就一路很有秩序地跟着我们辅导员往教学楼走，估计老师已经事前叮嘱又告诫过，才能压制住这些青春期的孩子。外观衣着上他们和一般大学生没啥不同，但紧绷的面容却可感觉高中生的羞涩，似乎来到北京大学让他们挺紧张的。

为了给学生最直接且正确的学校讯息，我们邀请来教务部副部

与丽山高中全体师生在北大图书馆前合影

向即将走进北大教室旁听的高中生们讲明注意事项

长介绍北京大学状况，并进行互动交流。同学们都很专心听讲，但都害羞不敢提问，幸亏有校长现场为学生问不少招生问题，例如台湾学生名额、考试等等，有趣的是，同学们等到会后才偷问辅导员"北大是不是很难考？"

因为教务部协助，我们获得特别准许在教学楼内的教室自由旁听，又为了不影响班级上课秩序，学校提供完整的课程表，建议学生们依照自己兴趣听课，尽量分散到不同班级上。拿到课表，学生一转眼都走光了，似乎各自目标都很明确，担心有落单的人，我巡逻了几层楼，赫然发现陈校长坐在 308 教室，挤在教室门口的最后一个位置，喔，原来校长是学物理的，和学生们挤着听物理学基础，真有趣。虽然我们都知道听一堂课肯定不过瘾，但下午还有已经排定的行程，只能匆匆一瞥，不过这样也应该够大家回去聊好久了。

来到北大，肯定要看看北大著名的"一塔湖图"，与"一塌糊涂"谐音，是博雅塔、未名湖及图书馆的合称，为北大三大景点，但凡游历北大一定要到此三地，否则等于没有来到北大。虽然时间有限，学校还是为我们安排几位学生导游，有大陆同学也有台湾同学，巧的是台湾同学竟也来自"丽山"，是丽山高中毕业，同学们备感亲切，围着问东问西。由北大学生担任导游最大的好处就是提供大家很多非官方的资讯，特别多生活上、学习上经验交流，于是大家一路边走边问，从家乡、天气、考试到毕业后计划等等。一趟北大之旅，不仅仅让学生对北京大学有了概括的了解，增加了对北大的大陆学生、台湾学生的第一手观察。

天津是在我们极力推荐下额外增加的行程。很多人到北京只知道看长城、故宫，其实有不少最新的科技就在北京的隔壁——天津可以看，这对丽山这群读数

陈校长也进教室旁听物理基础课程，原来，陈校长是物理专业出身

陈校长、徐老师与同学们在未名湖前合照

理、未来投身科技的孩子们来说尤其重要。首先是 2008 年才开通的京津城际高速铁路，台湾从 1997 开始高铁计划，花了十年，在 2007 年才开始正式营运，而京津城际高速铁路为赶在 2008 年奥运时启用，自 2005 年动工起即全力赶工，仅三年时间便完成，而且列车还是大陆制造。自此第一条高铁完成之后，便开始在大陆各地开始高铁的大建设，随后连美国加州的高铁建设都邀请大陆参与，如今大陆在东南亚、非洲等各地均有高铁项目投入，甚至近年来发展出以基建、装备制造、技术支援和中资银行贷款打成一包的形式参与海外竞标，这在十年前完全无法想象，我们认为这是学生目睹大陆高铁科技发展的好机会。在北京高铁站上，学生们都感觉新奇，手上相机拍个不停，列车外搔首弄姿留下搭车的记录。等到火车飙到最高速 350 公里时，又是另一个抢镜头的重要时间点，对着车厢前的速度显示屏又是一阵猛拍，就这么一路拍啊看的，29 分钟车程转眼间结束，天津一下子就在眼前，哪像在北京市区只能停停走走，大半的时间都塞在路上，于是惊讶声中大家赶往下一个重要的高科技游学点——空客天津组装厂。

天津空客惊异之旅

空客(airbus)，为空中客车的简称，2007 年天津空客总厂的厂房开工，2009 年正式投产，迄今已有数十架飞机交货，并成为天津滨海新区发展民用航空业的重要指标，许多相关的零部件厂商跟随着 airbus 来到天津滨海新区设厂，此处已形成一个航空制造业的集群。

参观空客组装厂没那么简单，一个台湾来的高中访问团，并不是厂方设定的标准接待对象，因此需要经过特别的安排，凭着游学协会天津办事处与天津市政府的长期合作关系，我们提出的请求是被接受的，只是空客常常出现临时接待任务，于是核准我们到访的日期在正式参观一周前都还没办法定下来，让我们一直忐忑不安，为此还设计许多替代方案，直到定案才松了一口气。

终于可以进空客大门，厂区挺大，大巴开了十来分钟才看到要参观的厂房，但不能直接进到组装区内，必须走特设的参观路线，到

在空客总装厂门前，丽山高中全体师生与天津市有关领导合影

一个顶层大平台，估计应该有 5~6 层楼高，在制高点上看整个飞机组装的全貌。房顶上有起重用的天车，宽阔的厂房中央前后排列着 4 架正在总装的 A320 客机。位于厂房一进门处的第一架进行机身和机头的对接。这里的飞机机身还没有装上机翼，就像一截大金属管子躺在巨大的机台上。沿着厂房还有三架未完成的飞机，一架比一架成形。第二架飞机已经装上机翼，机身下已经装上起落架，可以不依靠其他设备自己站立地板上，等着装尾翼。第三架正在装尾翼，第四架看似完成，其实正在进行重要的内装工作。

据说飞机的总装和汽车的装配类似，也是一个流水线式的作业过程。每架飞机完成一个工序后，就往前挪到下一个位置。天津工厂除了负责总装，还要对飞机进行喷漆、调试、试飞等工作。为我们导览的管理处人员介绍，天津 A320 制造的流程和工艺标准完全照搬空客在欧洲的工厂，天津总装的 A320 品质与空客在欧洲出产的飞机完全相同，这点他们挺自豪的。但我听说，总装并不是飞机制造过程中的核心技术，所以这个厂最重要的意义是开启大陆民用飞机工业的大门，把许多重要零部件业者吸收到天津设厂。在现场我就观察到坐在工作台上操作仪表的都是老外，老中只在工作台下负责移动设备、拉线、安装或者拆卸，似乎是一些比较低阶的工作，再次印证核心技术还被保留在国外的说法。

短短不到 20~30 米的参观平台，不过是整个厂区的一小段，因为位置够高，就算换不同角度眺望总装区，其实只需 10 分钟就看尽全景，但学生围着导览人员一问再问，或者围着平台讨论久久不去，果然飞机对这些学数理的孩子有无比的吸引力。我还听说有学生想当驾驶员，也有想要研究材料科技的，看来这次空客参观对他们有很大推动力，希望能刺激他们更加努力。其实我自己都好震撼，更别说这些孩子们，据说这是他们首次接待 18 岁以下的参观来宾，真的荣幸之至，也要感谢好多人的协助。

惊奇北京中国科技馆

但孩子们的惊喜到此还未画下句点，我们在北京还有一个科技教育游学点——中国科技馆，绝不能错过。2009 年 9 月底，配合大陆十一假期落成正式对公众开放，就连北京本地人地对其都还很陌生，安排在这次行程的最后一天当成压轴大戏，就是要给孩子们最深刻的印象。

进到一楼大厅映入眼帘的是一面巨大的"机械墙"。这面墙看似机械主题的浮雕，实际上是一组组可以转换运动方式的机械结构，有连杆曲轴机构、快门机构、万象联轴节，每一个都是能动的。因为设计突出，尺寸惊人，特别吸引众人目光，也让学生们驻足许久，不过因为我们得到了馆方的大力支持提供全馆导览，在约好的时间内可不能让孩子们慢慢玩。

进到展厅才发现我们是唯一一组有导览的团体。看到馆内满满的人，其实我可以体谅馆方为何不给每一位参观者全面提供导览，

科技馆讲解员为学生导览爱因斯坦的重要发明

因为人实在太多，夏天又是北京最重要的旅游季节，来自大陆各地的人抱着一种进京朝圣的心情来，于是最新最好最专业的展场都成了万人攒动的观光景点，操持各种口音、来自各地的人把展场塞得满满，如果真要提供导览服务，那馆方就算有千百个导览员，也负荷不了各地汹涌而来的人潮。听说一般只有贵宾才有导览，亏得有中国科协的帮忙，专属导览人员带我们走了整整 4 个小时，把科技馆上上下下好好转了一圈。

科技馆共有四层：一层"华夏之光"展厅，展示中国古代科技成就及对中国社会发展和世界文明进步的重要作用，让公众在世界科技发展的宏观视角下，感怀中华民族的智慧和创造。二层"探索与发现"展厅，展示科技的美妙和神奇，使公众体会科学探索与发现带来的乐趣，激发科学兴趣，启迪创新意识。三层"科技与生活"展厅，展示科技发展对人类社会日益广泛和深刻的影响，使公众感受科技创新为人类带来的福祉和恩惠。四层"挑战与未来"展厅，展示人类面临的重大问题与挑战、科技创新对可持续发展的

班主任徐钧明老师和同学一起玩高空自行车，体验如何控制重心

贡献、人类对未来生活的畅想，使公众认识到创新是人类应对未来挑战的重大选择，引导公众对未来科技发展问题的关注和思考。

　　网上说科技馆量体巨大、展品丰富、强调动手，可看可玩，真的没夸张，每一个展区都有许多可以动手试试玩玩的复制品或者特制道具，例如"华夏之光"有"鲁班锁"、"九连环"、"鱼洗"，多种中国古代益智玩具，还有复原的水力机械装置在展厅里忙碌不

令人心惊胆颤、屏住呼吸的超高电压实验

班主任徐钧明老师通过热感应扫描仪时的影像，同学们齐拍，闪光灯不停

停，哗哗的水声和"碌碌"的机械声相映成趣。"探索与发现"展示物理学、天文学、数学、声学、生物学相关的基本科学原理和趣味小实验。几个实验区前（应该称为游戏机比较符合现场状况）都排好多人，乒乒碰碰咚咚锵锵，整个展场活脱超大型游乐场。

丽山的校长、老师、同学们全玩成一片。气流投篮游戏，一个人负责投球，一个人控制气流角度方向，要设法让球进入篮框，这游戏陈校长玩了好久好久就是不肯走，似乎不太服气，一定要证明物理人控制气流的能力。数理资优班班导徐老师，被学生们戏称为"老爸"，和同学们玩高空自行车玩得不亦乐乎，还被骗去过热感应扫描器，原来同学们好奇在热感应之下，童心濯濯的徐老师和他们其他人有啥不同，所以人手一台相机在荧幕前挤拍他的影像，

也是很有"巨星"架势的。我当然也玩在其中，只不过被一个超高电压（超过1500V耶）铁笼吓到差点腿软，所以先撤退到小吃部休息休息。没想到越高层越好玩，4层竟然还有太空舱耶，据说那是太空航空站的实际设计，还可以现场给自己拍张太空人的照片，立刻寄到自己的e-mail账号，很酷哦！

　　玩的过程中，和陈校长聊到他的感想，他很惊讶于大陆有设备如此完备的科学教育博物馆。过去我们都认为台湾的科博馆最棒，但陈校长说科博馆许多设备已过时，长期缺乏维护保养，老旧或者被破坏无法使用，已无法满足学生们的学习需要。中国科技馆彻底打破我们对大陆的刻板印象，过去总认为大陆财大气粗，硬体新颖但软体远远落后，如今我们体认到大陆的软实力正火速提升，我们必须很谦虚很开放地去接触并理解一个新的大陆，互相借鉴学习，也趁机调整自己的脚步，期许和大陆一同飞跃发展。

燕园反思

　　时间总是有限、行程总是短暂，但我们知道这段北京天津的旅程，丽山的孩子们已经带回无穷的希望与永恒的记忆，期望能开启他们另一个阶段的学习与发展。或许不久的将来，在天津空客总装厂，会看到他们身着工程师制服的身影，或在北大的实验室里听到他们为相对论而唇枪舌战面红耳赤。

　　If you want, everything is possible.

罗海芸

我在北京的日子

》

出生于台湾台北市，北一女中毕业，辅仁大学社会学系毕业，北京大学心理学硕士毕业，北京大学政府管理学院博士在读。相信平凡是福，同时追求不凡。深信自助、人助而后天助，同时寻觅信仰。

2007 年 9 月，拖着一个 30 公斤的大箱子，我搭上了从台湾飞往北京的飞机，从此，展开了这一路向北的旅程。

有人说人生是一场未知的旅途，对我来说，独自一人远到北京

在北大接待来自北一女中的小学妹，其中很多同学对来大陆读书很感兴趣

求学，无疑是我人生中最为关键的一场旅途。回想起这一路跌跌撞撞的过程，有眼泪、辛酸、挫折，也有来自他人的温情和帮助，最意外的，是得到了一份宝贵的礼物，就是来自内心的力量。如果不是这样的磨炼，我可能永远无法知道，自己内心的力量有多强大。

说到这，你们可能会不禁好奇，难道在内地求学的生活，有如此大的痛苦？其实不然，看你用什么样的角度来评价，只是希望以我个人经验之谈，让台湾有意到大陆求学的年轻人，有更全面的评估和准备，也让内地这里对台湾或台湾人有着好奇的同胞们，有更为直接的了解。

生活北京

我是台湾台北人，出生、成长、求学、工作，都是在台北，来到北京以前的生活，是这样的单纯和满足。北京，是我居住了四年的城市，仅次于我的家乡台北，这是我当年没有想到过的发展和际遇，到今天，北京变成我的第二个家。

我的祖父辈来自大陆，我们家在台湾被分类为外省人，我是一个在台湾土生土长的外省第三代，大陆对我来说，最初没有什么特别的印象，直到我来了北京以后。

刚到北京的时候，对空间距离的概念、对时间的估算，都会被重新打破和建立；例如，出门赴约花在交通的时间，光是单程起码都在一个小时以上，因此，一天当中安排的行程，顶多也就是一个

北大著名的国际文化节

至两个，效率大打折扣，对于时间的安排有太多不可控因素。再来，若是迷路向路人问路的时候，当对方回答"很近，快要到"的时候，千万不要松懈，因为这很有可能意味着还要步行半个小时左右的距离。这就是生活在居大不易的大城市啊！和来自美丽宝岛的我们，对于时间和空间的估算，永远有着些微却关键的误差。

　　两岸人民既有着同文同种的渊源，也有着血脉相承的亲情，然而分隔多年的我们，却在很多方面都有着许多的不同。最快感受到的差异，表现在生活当中的食衣住行各方面。另外，这种广阔奔放和精致细微的文化差异，还表现在人的行为上。刚来北京的时候，几个台湾同学在餐厅用着礼貌羞涩的口吻点着菜，声音就像蚊子叫一般淹没在周围其他热情豪迈的寒暄声音中；在尖峰时间在北京搭地铁，往往是被前后左右的乘客促拥着挤进车厢，只要不着急抢一个座位，这种进入车厢的方式，倒也让我免去了费尽力气向前挤的麻烦，总是有人从各种方向推我一把，最后大家也总是在最后关键时刻全部挤上了车厢，这

体验前门大街的当当车

就是团结的力量！可能是地大物博养育出北方人的性格特色就是如此，嗓门大、动作大（有的时候脾气也比较大），他们粗放豪迈又热情真诚。

有好几次，我在北京的公交车上目睹售票大妈扯着嗓门，用骂她家孩子的口吻让乘客往里走，好挪出空间给后面的乘客上车，为的是让好不容易等上一班公交车的所有人，都能上得了车；当老人家上车却没有座位的时候，售票大妈正义凛然地对座位上的年轻人大吼，只为了把座位让给年迈的长者……在北京生活了四年，来自台湾的我，在习惯了什么叫作礼貌和客气以后，我花了一点时间，才看懂那些每一个粗放行为的背后，都有一个善而美的动机。综合

充满中国特色元素的地铁站

我个人在两地的生活经验，我认为任何地方都有着各式各样的人，而大陆有着更大的空间和更多的人口，所以也就更为多元。任何带着刻板印象和偏见的人，都将永远体会不到那份完整去经历的美好。

对我来说，这是一段很奇特的旅程，像是到了一个陌生的地方，却又有着熟悉到不能再熟悉的语言和文化，仿佛见到了多年不见的老友，既熟悉又陌生，唯有双方都以诚相待，打开心房敞开心胸，不带偏见的走入对方的世界，才得以重拾往日尘封已久的情谊。

参观 798 艺术区

夜晚，高超灯光的水立方很美

在气势宏伟壮观的鸟巢

求学北京

当初之所以会决定到北京读书，是因为我在台湾完成了学士学位，并且工作了三年以后，深深地感受到台湾在各方面的局限性，无论是在国际地位、就业市场、生涯发展等各方面，都有不少难以改变的限制，这种限制使得台湾有许多优秀的人才，难以得到施展的舞台。如果就这样继续待在台湾，找一份工作上班赚钱，安稳地过日子，也是一条蛮不错的道路，但总是觉得人生有一点缺憾，因为我总感觉自己内心有一股强大的声音，我还想要经历更多。刚好当时正是北京举办奥运会的前一年，各方面的建设和发展突飞猛进，我非常看好大陆的发展和实力，以及两岸关系未来的发展，因此我决定来到北京读硕士，及早让自己进入这个变化中的大社会。

通过考试进入北大以后，生活并不如想象中的顺利，刚开始心里有各种不适应，比如对气候条件、饮食习惯、住宿生活、人际来往等等。但是，我很清楚自己来北大的目的，无论如何，这是一定要坚持和适应的过程，因为唯有这样，我才能更加深入和全面地了解这里，尤其是和同学之间的相处和情感更紧密，他们也给了我不少课业上的帮助，起到了互相督促和学习的功用。很多人问过我，在台湾和大陆求学有什么不一样，首先，我认为在北大读书，除了有一流的授课教授以外，身边都是最优秀的同学，上课时互相的讨

北大的港澳台学生一同前往内蒙古大学

参加"两岸四地青年学生纪念辛亥革命百年系列活动",颇具历史与交流意义

论和切磋学习,有时候比单单只是听老师上课还要有收获。同学们那种对学习的认真态度,是最令我汗颜的部分;还有,每每下课的时候,同学会对授课老师报以掌声感谢,也是我在台湾不曾见到过的。

对台湾的学生而言,一般的情况下读书学习很难是生活中的重心,往往会有许多课外活动、工作机会、社交娱乐活动等等,好处在于这让台湾学生的生活经验较为多样化,较早的体验社会百态,思维方式也较为活泼和富有变化。然而,大陆同学会花更多时间在学习上,无论是课业上的学习,还是加强自己职场能力上的学习,上课、听讲座、看书等,都要比台湾学生更为认真,这让大陆同学往往具有很强的竞争力和适应力,这种力争上游的精神,是台湾学生比不上的。

在学习以外的时间,到各省各地走走看看是最让我感到期待的,大陆地大物博,各地的风土民情和地形面貌都截然不同,跟三五好友当背包客,或参加北京大学两岸文化交流协会举办的各种参访团,都是很好的选择。

我们组织的两岸文化交流活动

我的生日

回想当时决定来到北京求学时身边人的不解，至今每一个人都说，这是一个明智的选择。读万卷书行万里路，期待接下来有更多机会，走遍大江南北，看遍大陆各省风土民情，同时为两岸的情谊奠下深厚的基础！

曹郁新

交融

>>

北京大学光华管理学院管理科科学与工程学系硕士生，2010 年 9 月成为万泰银行储备干部，目前任职于万泰银行公司金融部门。喜欢旅游，喜欢与朋友到处品尝美食，喜欢当个认真生活的玩家。借此书与大家分享在北大求学生活中最细微的一面，并以兹记录硕士阶段的心路历程。

2008 年 9 月，我启程至北京开始研究所生活。北京对我来说是"人生地不熟"，我对学校也一知半解，拿在手里的报到通知书是当时与北大的唯一接触，我决定先订几天北大资源宾馆，以预防开学前几天一切可能的混乱。北大资源宾馆，位于北京大学西南角，从酒店大门出来 100 公尺即可到达北京大学。

报到当天，我与爸爸携带两行李箱衣物从北大资源宾馆出发，走了一分钟左右，看到不远处有个小斜坡，斜坡上有个小门，推着脚踏车的人群来往穿梭，门内不到 5 公尺是一栋住宅的出入口。爸爸问我："你觉得是走这里吗？"虽然我听闻旅馆距离学校很近，但总感觉那里只是某个小区入口，不觉得门内就是大名鼎鼎的北京大学。"不是吧，感觉里面不像是学校。"于是，我与爸爸提着行囊沿着一面绵长的围墙前行，墙壁由石块砌成，石块勾勒着白边，越看越感觉像学校围墙，但迟迟没有入口，直到看到大名鼎鼎的石狮驻守的西门（又称校友门）出现在眼前，汗流浃背的我才松了一口气，也终于正式踏入北京大学！

北京大学的静园草坪，是北大人共同的记忆

　　冥冥之中，我注定提着行李箱万里长征，我指的不是从台湾坐飞机到北京，而是报到当天经西南门而不入。十年前我以观光客的身份拜访北大、面试时以考生身份到北大，走的都是离未名湖和光华管理学院较近的北大东门，如今正式成为北大一员，由最具代表性的西校门进入，别具意义。有人说："西校门蕴涵着丰富的精神文化内容，进入西门，就进入了北大这块精神圣地，登上了这座神圣的学术殿堂。"虽然这话情感成分过于浓厚，但不可否认，西校门是最配得上北大久远胜名的校门，很高兴自己踏着先贤的脚步前进，与有荣焉，不禁有种任重道远的情怀。

后来我才知道，一早经过的小门就是北京大学的西南门，而门里面看起来像居民住宅的则是我的宿舍。

文化冲击与生活适应

去大陆念书是预期外的决定，但跳脱台湾到外地念书却一直是我想做的事。

我没有紧张感，自认来过大陆多次的我，看得懂简体字、听得懂乡音、吃得了辣，虽然没有家人及熟悉的朋友在身旁，但同文同种同语言的地方会出现什么大问题?！我带着兴奋的心情飞出宝岛。

到达北京第一天，安顿好住宿，我决定一人出门认识环境，看看附近有什么好吃的。没想到刚出旅馆就已经发现问题："天啊，我不会过马路!"

北京大学坐落于北京主要干道"北四环"旁，看到马路对面灯火通明的中关村图书大厦与许多餐饮店（当时还没有畅春食街呢!），想要到达对街需横跨一条宽约20公尺的大马路，路口的景象无法简单地用车水马龙四个字来形容：喇叭声恣肆地此起彼落，自行车自四面八方、正向逆向地鱼贯不绝，行人也不是省油的灯，毫无畏惧地在车流中穿梭，可谓人车交杂、蔚为奇观!

我站在斑马线起点，举足不前，明显地感觉到无助，心想："总不能一直站在路口，就跟着人群走吧!"心意已定，我急忙加快脚步跟上前方疾行的路人。当下我明白一件事：在看懂路口

北京大学国际文化节，在百年讲堂前热闹展开（2008 年）

标志、弄清交通规则之前，我只能当一只盲目的小羊，得跟着羊群过马路了。

　　初秋的北京夜晚已带点凉意，我走进一家面店，点了一碗麻辣汤面，五元人民币的汤面模样朴实却香味四溢，口味稍咸但不减美味，正要开始大快朵颐之际，突然发现少了吃面必备餐具，于是我对着身旁的店员说："服务员，请给我一个调羹。"对方毫无反应，我决定换个用词试试看。"不好意思，可以给我一个汤匙吗？"怪了，我是对着一位女服务员清楚地表达，她也确实听到我说的话，却依旧没有动作。

我发现不太对劲，但也不知该怎么办好，只好东张西望自行搜寻着哪儿有汤匙，发现了，一大把塑料汤匙平躺在结账柜台上的盒子里，我直接伸手拿取，"喔，你要勺子啊！"柜台服务员高声地说着，而店里的顾客发现我奇异的言语和举动，一直好奇地观察着。看来，光知道把"小姐"改称"服务员"，依然无法顺利用餐！

隔天，我马上有了第二次成为全餐厅焦点的机会。这次场景是在北大西南门外的肯德基。我跟爸爸点了丰盛的晚餐，大快朵颐之后，我习惯性地随手作环保：纸杯叠纸杯、压扁纸盒、聚集厨余（台湾的快餐店都需要垃圾分类，先行整理一下比较方便丢弃），处理完毕，

出游好伙伴 Cecillia 与我，我们在山东济南李清照故居

拿着托盘起身，四处张望却遍寻不着垃圾桶，"咦，垃圾桶在哪里啊？"通常在半身高的隔板后面会有个垃圾桶，正当我要去探寻时，背后被人急促地拍了一下，"给我吧。"一位服务员带着有点紧张、有点不解的眼神对我说着，我还来不及反应，手中的餐盘已经被抢走，只剩其他用餐者投射过来的好奇眼神。

没错，在大陆的快餐厅用完餐，是不用自行收拾桌面

的！虽然是同文同种同肤色的地方，还是有很多相异之处，等着我慢慢去发现、去接受、去调适，看来文化冲击这门课，从下飞机那一刻就已开始。

校园里的摩天大厦：41楼

燕园，我们共同的美好回忆。与北大西门内的华表合影

"你在北京的地址是哪儿呀？"一位想要寄东西给我的台湾朋友这么问我。

"北京市海淀区颐和园路5号41楼……"我回复她。

"你住在摩天大楼里喔？你们学校有这么高的大楼？"朋友非常惊讶地说。

"哈，不是啦，是第41栋宿舍。"我第一时间还有点反应不过来，隔了几秒才笑着回答她。

台湾朋友不知大陆高校宿舍数量繁多，毕竟大陆人多地广，为了节省学生通勤时间与照料外地生，宿舍需求量自然很大，北京大学校区内的宿舍楼少说也有七十几栋，而台湾高校如果有十几栋宿舍，肯定就算是大规模了，而且通常不直接使用数字命名，大多会

另外取个名称来称呼宿舍楼。

不管对象是台湾朋友或是大陆同学，习惯用词的差异让我闹了许多笑话。有一次与系里学长聊天，谈论到家庭，我问他"那你太太目前在哪儿工作?"他忍不住大笑出声，接着跟我说"我们这儿'太太'是指达官贵人的老婆，平常不这么用的。"我才恍然大悟他为何而笑。听着学长言语间使用"我媳妇"介绍着自己老婆，换我反应不过来，在台湾，媳妇只有用在父母称呼儿子的妻子，不会用来代表"爱人同志"之意。

两岸在用词上有许多习惯性差异，有些词虽然没听过但是增添一些联想就能意会词意，比如说残食指的是厨余、电吹风就是吹风

北京大学国际文化节的台湾展位，人气百分百。能歌善舞的原住民代表着台湾浓浓的人情味

机；有些词则是大大变了模样，有机会去一趟台湾的话可要完全改口：出租车变成了计程车、师傅要改口称呼司机先生；计算机科技用品上的用词差异更大了，在台湾，软件被称为软体、鼠标叫作滑鼠、U盘叫作随身碟，如果你跟台湾朋友说"回车"，对方一定听不懂你在说什么，因为台湾根本没有相同意思的词语呢！

　　记得刚住进宿舍时，发现室友说话时使用的词语既特别又有趣，室友常会说：崩溃、恶心、猥琐、雷、晕……这些夸张的词语如此直接、如此生动，吸引了我的注意。台湾没有这样的用词，所以每次听到室友说到这些词语，我总是一边笑一边从上下文推敲语意，有些词语可能只是年轻一辈彼此之间流行的习惯用语，比如说"星

实习时，上台报告项目进度，在位于北京亦庄通用电气（GE）大楼

暮秋时节的班级出游，我们去了红螺寺郊游踏青、欣赏满山红叶

期六还上课，这老师太恶心了！""居然要看十篇文献，实在太崩溃了！"词语生动到仿佛有画面一般，非常有意思。这让我很喜欢跟大陆同学们聊天，也很喜欢逛未名 BBS，那里展现了年轻人的活力与创意，北大学生充满着自信与想法，这一点从 BBS 上学生们的互动与文章中不难发现；同时，未名 BBS 也代表校方尊重言论自由，虽然它并未完全开放（只接受北大学生注册账号），但其氛围已激荡出北大学生们很多天马行空却不失幽默的想法，这种开放的风气让未名 BBS 像极了台湾高校的 BBS。至此，我再度为自己能就读北京大学感到高兴，北大可是大陆学风最自由的高校之一呢！

我想，如果是台湾学生描述方才提到的那两句话，应该会变成"星期六还上课，这老师太白烂了！"与"虾米……居然要看十篇文献！我要爆肝了！"

"白烂"一词需用闽南语发音，翻译成普通话是形容一个人不上道、愚蠢啰唆又麻烦，是负面用语。"虾米"不是指海里的生物，而是"什么"的闽南语发音。"爆肝"是台湾大学生的用语，因为大学生常常熬夜上 BBS 或玩网络游戏，导致作息不正常，遇到交报告或准备考试还会整晚不睡，这时，他们就会以爆肝来形容自己的疲惫，因为太劳累易得肝病，所以用"爆肝"来形容肝已经超过负荷了。这些词语经常出现在台湾知名 BBS "PTT"上面，如果你也想当个"乡民"的话，一定别忘记这些台湾流行用语喔！

注："乡民"是对"PTT"使用者的俗称，通常用来形容喜欢看热闹、跟随众人起哄的网民们。

融　入

有人可能觉得台湾用词奇特又好笑，也有人可能经常在台湾的电视剧、音乐录像带、综艺节目当中听到台湾人说话，进而感觉不太陌生；但在台湾，我们平时不会看新闻联播，过年时也不会全家一块儿欣赏春节联欢晚会，近两三年以前，大陆的影视节目甚至很少出现在台湾电视频道上，有的话也大多是一些古装大戏，以致我对大陆的社会文化了解甚少。

我对大陆社会文化的认识是由室友为我启蒙的。我有两位可爱的室友 Haze 与 Cecillia，Haze 直爽且热心、Cecillia 活泼又风趣，我们三人常一块儿吃饭、逛街、夜聊，我乐于与她们分享生活，她们也很不吝啬为我介绍大陆的大众文化，我在北大的宿舍生活过得非常愉快，都是因为有她们。我从她们那边知道恒源祥的知名广告语，以及曾经播出过的十二生肖极长版广告，广告搞怪的手法让 Haze 还一度以为家里电视机坏掉了呢！有一次我不知在哪儿听到了"纯爷们"这个词，不懂含义的我只好回寝室请教室友，她们说这是来自某年的春晚小品，但当时的我根本不知道什么是小品。于是她们义不容辞地当起我的小老师，热心地为我说明二人转、小品是怎样的表演形式，也顺带介绍起赵本山与小沈阳。为了让我真的清楚明了，她们立即开启优酷搜寻小品节目，让我直接欣赏赵本山的历年表演作品，Haze 更贴心地与我同看并且一句一句翻译当中的方言，为的就是怕我因为听不懂东北方言而错过小品中的精华，东北姑娘的热情在此展露无疑啊！

　　了解当地人们共有的记忆是融入当地最快速的方式，于是，异乡求学的不适应，也就在与室友、同学熟识之后渐渐淡去，当自己越来越融入当地生活，也发现越来越多有趣的事物。台湾的中学课本写到大陆东北有三大特产"人参、貂皮、乌拉草"；在我眼中，现今大陆也有三大特产：银联、飞信、支付宝！这三大好物既有特色又非常实用，除此之外，它们之所以能被我给予如此高的评价，因为这三样东西是目前台湾未普及且值得台湾学习的东西！

　　别吃惊！台湾虽然科技发达、金融环境较成熟，但不同的社会

北京的冬景，让从小生长在南方的我大开眼界

环境会让产业界衍生出不同的产品与服务。当你细细思量每件事情背后的原因时，不难从中了解当地的风俗民情，特别有意思。

除了使用现金，台湾人在购物时惯用的支付工具是信用卡，2003年左右，每位台湾人已平均拥有三张以上信用卡，而大陆信用制度起步较晚，跟信用卡相同的借记卡从2004年才真正起飞。过去，台湾金融界也曾推广过借记卡，但发卡量一直没有大规模成长，民众的消费习惯并没有受到改变。在面积狭小的台湾，不论你去到哪个地方，用ATM领钱都不需加收额外的手续费，不想付现金时又有信用卡可以刷，以致民众对借记卡的需求程度很低。银联已

于 2009 年"登台",同时,台湾亦有多家银行正大力推广自己的借记卡;银联卡在大陆的优势是否能延续到台湾,让每一家商店、餐厅都能使用借记卡,值得期待。

飞信是另一项我爱用不已的服务,飞信之所以好用是因为它的普及性,几乎每个人都有中国移动手机号,所以使用飞信联系朋友显得十分方便,是省钱的好方法。在台湾,电信业者家数众多,却尚未有业者推出自有的网络聊天软件,就连台湾市占率最高的电信业者中华电信都不曾跨足此领域。如今智能型手机兴盛,大家渐渐习惯于使用手机直接上网传讯息,智能型手机上的 WhatsApp 系统

毕业了,即将离校的我们也加入跳蚤市场的行列,在松林食堂前摆地摊

俨然变成另一种飞信工具了。而说到第三大好物支付宝，更是网络购物盛行的社会不可或缺的东西。相较起来，没有付款、收款中介机构的台湾，网购时只能依赖互信互重，可是在诈骗事件频传的环境下，预先付款似乎总有点不安心，所以希望台湾能很快也有像支付宝一样的金融中介机构，让网络购物的双方都更有保障。在北京两年，"银联、飞信、支付宝"真的是生活必需品，让我感叹台湾人一定要见贤思齐。身在福中的你们，是否感觉无比幸运呢！

　　研究所一年级上学期，我选修了光华管理学院的一门课——《电子商务与网上营销》，我非常喜欢这门课，在老师诙谐又轻松的上课气氛当中，我学习到电子商务的主要经营模式及战略，还有网上营销的特点，更有趣的是老师经常与我们分享中西方各种实际案例，由学术角度探讨许多企业成功或失败的原因，精彩的课程内容至今仍觉得意犹未尽！因为这门课，我认识了马云、见到了刘强东，研究过当当网与大众点评的营运模式，如此贴近生活的教学内容，让我能够同步学习课本上的知识与生活中的常识，一边上课一边融入当地生活，获益良多。但也是因为《电子商务与网上营销》这门课，让我发现自己是多么的见识浅薄！我与很多台湾大学生一样，每天打开计算机显现的首页是 Yahoo 奇摩，不认识大陆两大门户网站新浪与搜狐；以前我只知道世界知名的搜寻引擎 Google，殊不知大陆有个百度搜索是十几亿网民的最爱……

　　所以说，我觉得每个台湾人都应该在大陆城市生活一阵子，走出去开拓眼界。很多人认为台湾是个国际化程度很高的地方，英语

〖交融〗

249

普及；大部分台湾人都会每年安排假期到世界各地旅游，也经常安排小孩参加暑期游学团，跟我同辈的台湾小孩从小就有很多出国的机会。但旅游毕竟是短期的活动，往往只能看到漂亮的风景与表面的社会环境，无法长时间、近距离体验当地生活。与外面的世界相较起来，台湾是如此幅员狭小、人丁单薄，台湾民众的所知所想，很容易局限在这蕞尔小岛的两千一百万人身上，显得眼光短浅又气度狭隘，非常可惜。

庆幸的是，在网络购物方面两岸交流已非常密切，仰赖越来越便捷的货运往来与发达的互联网，台湾年轻人终于发现淘宝网是个购物天堂，很多台湾女生都已经有过在淘宝上买东西的经验。我想

Haze、Cecillia 与我。短暂的同寝缘分，永远的朋友情谊

不久的将来，银联卡在台湾也会渐渐普及，台湾人上淘宝买服饰一样能轻松付款，而大陆民众则可以靠着网络一起团购台湾美食。我希望有更多的新鲜事物进入台湾，碰撞出新火花；也期待更加频繁的两岸互动交流！

吃食生活

北京的热带水果少、新鲜的海鲜少、地道的台湾小吃更少，这些是我很早之前就知道的事；在北京很难买到杨桃、莲雾、芭乐

在宿舍里帮好友 Haze 举办小小生日派对，我手上拿着的是寿星特别准备给我的礼物喔

北大杯港澳台篮球比赛

（番石榴）和梅子粉，则是在北京生活后更真实的体认。

　　我出发至北京前准备了很多蜜饯，芭乐干、水蜜桃干、芒果干等各种水果蜜饯，目的不是思乡，而是分享。自诩要当个台湾小使者的我，每次假期结束返京，都会准备很多台湾特产带去分送朋友，从凤梨酥、牛轧糖、王子面等食物到美丽××面膜都是我搜刮的对象。

　　硕二时搬出宿舍在五道口租房子，三室两厅的住家附带着小厨房，我邀请大陆朋友们来家里开伙，我们约好每个人做一道菜，再加上当时是大闸蟹的产季，在淘宝上买了几只螃蟹，准备在家里享用大餐。

　　我厨艺不佳，没有拿手菜，心想干脆学着做一道台湾特色菜吧，于是我问朋友："你们想吃哪样台湾小吃呢？""郁新，你会不会做蚵仔煎？"朋友如此提议。拜偶像剧之赐，蚵仔煎在大陆是最耳熟能详的台湾小吃，但印象中好像没在超市发和易初莲花见过蚵仔，酱料也需要特别调配，只好作罢。

"做一道自己最爱的台湾料理——大肠面线如何？"我一边心中盘算一边上 Google 查食谱，看似不很难，菜单就这么定了。作家焦桐在"台湾味道"一书中写道："大肠蚵仔面线早期叫面线羹，或称面线糊，意谓面线如糨糊般黏稠……台湾的面线糊多加入大肠、蚵仔两种主料，然两种食材味道殊异，并不适配，我主张两者择其一，若是大肠当家，肠子务必处理干净，需卤得入味，卤煮到软韧

毕业前夕的宿舍楼一角，道尽了毕业生的满满回忆与依依离情

适度……"我对焦桐先生的"口味"十分认同，我对大肠面线的热爱程度可不亚于他，有鉴于此，我决心要来尝试煮一锅大肠面线！

制作大肠面线最好的材料是红面线，没有红面线的话一般面线亦可接受；汤头更是重要，往往以海鲜熬煮成高汤做汤头，离家在外最方便的海鲜汤头就是用柴鱼片与虾米来熬煮，味道甘甜鲜美。万万没想到光是采购食材就遇到问题：逛遍了大型超市找不着面线与柴鱼片！碍于没有计划中的食材，我选了货架上看起来最细最细的面条，又跑了三家五道口的韩国商店才买到台湾常见的柴鱼片，柴鱼片还出乎预料地昂贵：一小包要价人民币三十元，为了心中挂念的美食以及考虑第一次烹煮的风险，这一点小小的投资是必要的。

回家后，我按照食谱上所说一步一步操作，对于不易处理的大肠我也细心洗涤，并且用可乐浸泡（听说此举可干净地清除大肠内部秽物），一边熬煮柴鱼片与虾米，一边小火卤着大肠，看似顺利的情况，在我进行到煮"细面条"的步骤时开始失控，面线不易膨胀可以在高汤中小火慢熬，但面条可不是这样，我的天啊，下锅后马上疯狂吸取汤汁，发福成与一般面条无异。另一边，卤汁中的大肠也出了状况，时间越久大肠散发出来的味道越怪，其味道与腐食相近，虽然我忽略这个问题，仍坚持把大肠加入汤面当中，但合体之后的模样及气味与真正的大肠面线实在差太多，只好忍痛宣告失败，真是出师不利！我把这件事告诉远在台湾的妈妈，她的评语是："初生之犊不畏虎（指制作大肠面线难度很高），勇气可嘉。"

还好我失败的大作没有影响到朋友们用餐的雅兴，我们依旧愉快地度过一个美好的晚上，清蒸螃蟹很成功，有着满满的蟹黄，其他菜肴如孜然花椰菜、可乐鸡翅、水煮牛肉都很好吃，我最后改做在北京很少吃到的"蚂蚁上树"充了充场面。

走出台湾，我希望自己担任文化传递者角色，做一个台湾的小使者，我希望可以让大陆朋友们知道台湾人的生活和想法，而不是仅仅从报章杂志上了解台湾。大陆朋友们认识的台湾大部分是娱乐演艺圈、名胜景点、政治或一些文人作家，但是其实还有很多层面的台湾是大家不了解的，大陆人对台湾既好奇又陌生，有点熟悉又有许多不同。电视上每天定时报导台湾消息，友善的新闻居多，节目皆在介绍台湾美丽的风景与友善的人民；更奇妙的是，大部分大陆人不曾到过台湾，却每个人都知道台湾有座阿里山、有个日月潭，因为它们都曾出现在学校课文当中，于是乎台湾人不怎么在意的地方，在对岸人民的心中早已埋下深深悬念。

返京一阵子之后的某天，我抬头看到宿舍柜子满载的情况，不禁惊呼："我有来自四面八方的食物!"柜子里面有新疆的葡萄干、内蒙古的羊奶奶泡糖、沈阳不老林糖、武汉鸭脖子和山东烧饼，这些都是蜜饯交换回来的特产，想必这就是文化交流中最有趣的部分。

结　语

北大生活对我来说处处都有新鲜事，除了食衣住行之外，让我

印象最深的就是北京干燥又四季分明的气候。昼夜温差特别大的春天，代表着无比的生命力，枝叶冒出绿芽，生气蓬勃，偶尔还吹起一场沙尘暴；与台湾同样炎热的夏天；秋天落叶纷飞的景象，踩着满地厚厚的银杏叶去上课；体验零下十度的冬天，感觉待在室外实在是种煎熬，不过也因此有机会看到未名湖水慢慢地结成厚冰，能一圆湖上溜冰的愿望；第一次穿长及膝盖的羽绒外套，第一次感受下雪的氛围，其实就连住在有供暖设施的建筑物里对我来说也是新鲜体验！

两年时光匆匆过去，我一直感觉自己十分幸运，在北京遇到热情又体贴的朋友们，让我觉得生活中的开心远多于不适应的辛苦。一直以来，无论是在生活方面或是在课业学习上，身旁的朋友和学

校的老师都给予我极大的帮忙和协助，使我能很快地融入当地生活。在同学的介绍下，第一次使用人人网、新申请 QQ 账号，很多很多的第一次，都是以前在台湾不曾接触的事物。

北京有着一般商业城市所没有的文化和历史韵味，在北京，能站在古朴的胡同里体会台湾看不到的生活样貌，能走在时尚摩登的国贸街头感受国际都会的脉动、能品尝全世界独一无二的美食。我深深觉得，曾居住在北京，能近距离地认识这个中西相间、既现代又复古的城市，是永远难忘的体验！

叶沛洁

洄游鱼类

无法归类，难以存档，
执著于用镜头勾勒城市的情状。
小导演末日前持续放光。

寒暑之际，逐洋流而行。

自北回归线到北纬四十度，由旅程，到归属。

也许漂流才是明确的方向。

京　年

　　盛夏时节，北京的白昼总是迫不及待地追赶着黑夜，清晨四时许，便开始与日光抵足同眠。毕业前夕，莫名的不倦浅眠，又一次赶上了破晓的宁静。脑中的序列在万籁俱寂之下显得有些寂寞，于是径自回放四年间的影像。

　　和台北暧昧的气候不同，北京的四季都性格鲜明，能够明确地辨别四时之异。春秋两季与冬夏的比例是不均衡的，前者稍纵即逝，但景致的美好却没有因为时长而有所短少。三个月的季度于此被收缩至两三周，春华在熏风悄然亲吻大地之后，袭满单调的京城景貌。白桃与红樱竞相争妍，紫藤缠绕着古老的墙面，日日春绽放

着唯恐行人未见其娇艳而怒放。刹时间，帝都也沾染了江南水乡般的娇柔。不过，这样的纷呈景致极其短暂，未及半月，便开始入夏。夏季是北京一年中最漫长的季节之一，酷热但不湿恼，如茵绿树很快的取代了姹紫嫣红，转换成一派一致的画面。沙漠式的干燥高温，将酷暑延伸的无尽绵长，但却不致焦躁，因为流汗不多，所以总是有种挑战自身承受极限的冲动，贪恋阳光的沐浴。这个季节中唯一令人有些难以招架的，就是生命力激越的小生物们，俗称"掉头虫"的不知名小蠕虫，时不时地从浓荫间垂降，迸发一次次出人意料的惊喜。

直至仲秋，季节的凉意才稍加显露。这是北京最美的时节之

Best friends（最好的朋友）离别聚会

一，绿荫悄然转黄，遍布的银杏树将城市染上了不写实的迷醉。除了金黄色的美景外，著名景点香山更是有满山红枫，交织出秋季的浓韵。

拍片纪录

深秋入冬，我历经了亚热带台湾所未有之体验，狂风以极其低冷的温度，挖骨削肉，甚至吨位数不清的我都几近倾倒，身上更因此出现出刀割般的伤痕，此时，甚是能够体认古时北方诗人那样壮阔凄楚诗句创作的来由。境不只由心生，心也能随境转。

由于较低的湿度，北京的雨量和湿润的台北无法相提并论，也因此影响到冬日的降雪。每每气温已至零下，却仍须引颈盼望初雪的到来。

雪季，也总是不失所望，更新了城市的风貌。受黄沙之害，北京的天际难免昏黄，然则，在一片霭白的掩覆下，千年古城瞬间纯净得像个婴儿，涤去一切多余的纷扰。

画面播放到最后一个影格，才发现自己已然对这个城市如数家珍。于我而言，"京"年累月，确已难忘怀。

缘 "宿"

　　回想起初到北京的时候，甫踏入宿舍，平日在家中小霸王姿态的我顿时有些失措。狭窄的四人合宿居室，房内有两侧各一的双人床，床侧相对的四张书桌，寥寥的收纳空间，此外室内便几乎没有其他多余的空间。当下，我的脚步犹如陷入泥沼般无法动弹，我不知道是否应该将我的行李箱推进房间⋯⋯白驹过隙，转眼间，在这个小窝里，已经迈入第四个年头。当时决定留在宿舍住，一方面是希望能够更融入当地生活，另一方面也带有些倔犟的成分，认为其他的同学既然可以做到，那我也没有做不到的理由，既然自己做出了来北大的选择，那就要无悔的体验所有北大学生都该体验的生活。

　　北大聚集了全国各地的精英，西至青海、南至海南、北至黑龙江⋯⋯，同学们来自四面八方，也带来了各自的生活习惯还有说话腔调，也因此很大程度地丰富了我们的生活。

　　虽然大家平时都是说着普通话，但是回到宿舍比较放松的状态，或是和家人讲电话时，方言就会不由自主的迸出来。奔放的东北腔、娇媚的浙江话、爽朗的广东话，交织成一幅非常有意思的宿舍图景。

　　还记得有一次，熄灯后，宿舍里的四个人都已爬上了床铺，但是话匣子却大开，不想睡觉，开始"卧聊"。我开玩笑地学着广东籍的同屋方才讲电话的内容，模仿了广东人喜欢在对话中加入英语

主持亚洲甜品节

的样子，"你自己 takecare 啦"，把尾音拉高，引起全寝室一阵爆笑。于是我们开始针对这个话题开始互相模仿，逗趣横生。到后来我们百无聊赖地从那句 takecare 开始发展成一段男女吵架的对话，用宿舍四人的四种方言来设计铺成，先以湖南话来开头，用散漫的态度和独特的尾音说："你到底要做个撒?"，接着用闽南语恼怒的指责，"你惦惦"（你闭嘴），然后率性地用广东话加英文说："你自己 takecare 啦。"最后用吴侬软语妩媚地说："侬符要想娥!"（你不要想我）四个人因为这逗趣横生的戏谑对话，一直玩到半夜两点才入睡。

剧照

　　除此之外，饮食习惯也有很大的不同，一开始四人一起吃饭的时候，每个人都按照自己平日的习惯点菜，浙江人好清淡，我的口味偏甜，湖南人嗜辣，广东人重鲜味。点菜之时，我们才发现缺乏考虑对方口味，各自都依照了自己平日的习惯点了菜，四人不禁对视而笑。原来各地在口味上的区别还是蛮大的。

　　另外，还有各地不同的习俗，也显示了中华文化有趣的多义性。就拿冬至来说，在台湾，无疑要吃汤圆。然而在北方，冬至不吃汤圆而要吃饺子，这也就解开了我对于饺子馆爆满人潮的疑惑。

　　外宿生活固然有更多的私人空间和便利性，但却无法和可爱的内地同学们亲密地分享生活。虽然一开始有些不能适应宿舍生活，但是同学们的热情很快就消弥了我的不适，并且让我爱上这些有她们相伴的多彩多姿生活。

多功能小导演

很多人常常问我这个问题："为什么要学电影？"在我真挚地以梦想和兴趣做答缓解他们疑惑的神情后，接下来就会是这个问题："那你干嘛念北大，为什么不去电影学院？"

的确，对于北大而言，艺术学院是相当年轻的新兴院系；至于影视相关专业，北大的名气和软硬件条件也不那么负有盛名。纵然从客观条件来看，选择北大来读电影并不像是最好的选择。然而北

剧照

大也拥有电影学院所没有的优势，在高水平综合课程下，这里更着重培养学生的整体素养和底蕴内涵。至于技术和设备方面，虽有匮乏，但是学院里的老师总是不断争取革新设备和援助我们的需求，并且从不限制我们创作的思路，尽力帮助学院和我们一同成长。所以虽然情况有些困难，但却有一种命运共同体的归属感。

从小就喜欢看电影，所以经常向爸妈提出一个幼稚却又自以为有独到见解的疑问，"导演到底有什么了不起的？"既没有演戏，又没有摄影，感觉什么都没做，但却总是占尽了版面，独揽了功劳。我总是困惑地为其他工作人员打抱不平，并不理解导演在电影中确实的职责和功能是什么。

现在，我终于明白这个提问的答案。之所以无法明确界定出导演职能的范围，实际上是因为，导演什么都做，必须兼顾拍摄现场中的一切。而在北大学习的我，更是能够深切感受这个道理。

相较于专业的电影学院，在北大里，我们并无精细的专业分别。没有导演系、摄影系、表演系，就只有一个影视编导系。所以每到拍片的时候，一人多用，是绝对必要和必须的。

记得第一次拍片的时候，是在大一还对一切一无所知的时候。由于课程安排，我们大一的专业课都是理论课，连摄影机都没有碰过。直到大一下学期，和二年级学长姐合上的影片分析课，老师突然下达任务要我们拍摄一个五分钟左右的短片。现场一年级的下巴都一致触地，无法合上。

连如何调整焦距，不，连按哪里开摄影机都搞不太清楚，到底

同班纪念照

要怎么交作业呢？还记得当时到院里借器材，填表的时候都费了很大的工夫。蝴蝶布、柔光罩、2KW聚光灯……到底分别有什么作用，应该怎么使用，全然不知……，和一起去的同学呆愣地大眼瞪小眼在院里站了半个小时以上……

　　除了有很大部分的知识必须自己摸索之外，拍片时，还要一人同时担任很多的角色。因为人力是有限的，但是拍片需要担当的职能却是远超过我们的人员的，所以身兼多职就是绝对必须的。

　　摄影、剪辑、编剧、导演、场记、音效、场务……，无所不做。而其中最令人痛苦的，就是还要自行充当演员。

　　导戏和演戏之间是存在很大的异质性的，演员会依照自己对角

色的理解来消化角色，因此，导演便要协调整部影片的均衡性，来调整和指导演员们的表现，无论威逼利诱。有时候也会因为演员不能消化指令而有些愠怒，然而，当自己也下场表演的时候……，一切就完全能够理解了。

还记得有一次拍学期作业的时候，因为剧本设计，需要三名女演员，一时之间实在是找不到人，所以身为那次导演的我也只好出演其中的一个角色。

表演的时候，因为无法从监视器上实时看到自己的演出，所以紧张感油然而生，手脚像是被捆绑住般不自然，脑袋一片空白。一个镜头结束后，赶紧跑去检查拍摄的片段，我差一点就要失手把手

导演很可怜，烈日高照看回放

中的摄影机摔落在地，因为我吓人的演技。不过从此，我也更懂得如何换位思考，来指导演员发挥出影片所需的感觉。

　　由于缺乏拍摄经费和正式的名目头衔，很多时候，我们必须想出很多方法来应对条件的窘迫。没有办法长时间租借场地，就拜托店家在没有客人的短暂时间里克难拍摄，或是设计摄影机角度借景拍摄，制造出人物好像就在场地中的感觉。印象很深刻的是我最近一次的作品拍摄，有一场很重要的戏必须要在地铁里拍摄，然而地铁里是禁止摄影的，所以我们只好偷偷地拍摄。而北京地铁是以人多著称的，所以我们必须在晚上七点以后，乘客开始变少时拍摄。为了保证车厢里没有其他乘客，拍摄组从底站开始搭乘，过了五站以后，就必须下车重新回到底站。所以必须快速地拍摄每一组镜头，并且要因为现场乘客多寡和位置，调整机器的架设。期间还必须不断拜托临座乘客让位，维持画面前后的一致性，充满了各种不便。还记得那天晚上，我们重复搭乘了将近30次，呵呵，一夜之间把一学期分量的地铁都坐完了。

　　没有专业的灯光师，所以我们趴在地上、站在高处打着反光板；没有专业的录音师，所以常常偷跑到录音间自己制造出各种声响；没有有经验的摄影师，所以总是扛着机器慢慢摸索；没有高超的演技，我们就威逼利诱演员们进入情境，或是用编辑来调整画面感觉……

　　在这样各种条件高度匮乏的情况下，自主性变成非常必需的条件，能够学到多少，取决于自己的成分变得很大。虽然这一路走

生日礼物

来，有许多困阻，也曾因为过重的负荷而想要放弃，然而，这一切却给予了我更多方面的实践机会。我们在所谓科班出身的头衔下，却相较其他艺术院校能有更多的自主的思考空间，养成了非学院派风格的学院派，形成了自己的创作风格。

日后，我真正进入电影行业时，一定也会怀念这一段一人多用的青涩时光。

气候与乡愁

关于乡愁种种，总以为是骚人墨客为赋新辞强说愁。犹记中学时看着语文课本上那些酸楚的油墨印刷，虽叹服笔者卓绝文采但却没有共鸣，幼稚的灵魂无法领略陌生气候所能带来的空洞。

　　阴雨连绵的台北午后，长于将行人的情绪抹上淡青色调的哀愁，就如同台湾青春电影一般。在台北时，时常埋怨这种过于忧伤而显得不够干脆的天气，赋予台北人不够阳光的标签。

　　来到北京，北方的干燥气候缓解了我的过敏症状，却也同时盈满一种全然陌生的氛围。起初，还是以一种过客的心态在北京停留，所以也没有对此着墨太多的想法。直至家人离开，我真正完全的孑然一人，必须自己面对长时间的异乡生活时，才深刻的体会到陌生气候所带来的乡愁滋味。

　　一个人走在一片鲜黄的秋季北京街头，景致纵然夺目，我却被周遭充填的干燥空气和阵阵的凛冽北风隔绝到另一个世界。陌生的感觉仿佛连温度都能知悉我来自他方，没有缘由地无法自处。刹时间，自小的疑惑得到了最完整的解答。

　　就算台北的空气再哀伤，相较之下却仍是柔软而温暖的，人们在不知不觉中和自小生长的环境产生了强烈的相关性，但却不自知，唯有到和原乡触不可及之时，这种感知才会从潜意识浮出表面。

　　既使是普照的阳光，只要是不同于熟悉的景况，也会是失温冰冷的。此刻周遭若是漫布着稠密湿冷的台北小雨，那么方寸中的空洞，就能够被消弭。

　　北京的气候本就带着凄楚的感情，然则我的莫名哀愁却非因这种属性，而是离乡过远的哀愁。

毕业作品封面照

Hello，猕猴桃

　　四年期间发生许多奇闻轶事，除了因为我的大条神经以外，有很大成分是由于两岸用语的差异。

　　读音声调的不同是最为常见的一种区别，但是却还能理解对方说的是什么。然而当用语不同的时候，就需要比手划脚一番才能知道所言何物。

　　有一次室友买了水果回来，我随意搭话问她买了些什么，她回答："苹果、橙子还有猕猴桃，要吃吗？"猕猴桃！猕猴桃是什么？

毕业作品工作照

是孙悟空吃的仙桃吗？是我没看过的内地特有种水果吗？我的脑中瞬间弹射出一千个问号，迫切地想要看看这神奇水果的庐山真面目。就在室友从红色塑料袋取出它的时候，啊，是这个吗？我确信她拿错水果了，我坚定地问她猕猴桃在哪里？她不解地指着手中的奇异果说："就是这个呀！"原来如此，台湾人口中的"奇异果"就是我所以为神奇的仙果"猕猴桃"。

　　嗜食水果的我，在这个领域内还发现了许多两岸不同的用语。在夏季水果上市的时候，看到摊上出现了久违的凤梨，我雀跃的要一解我的口腹之欲。"老板，凤梨怎么卖？"我用异常有朝气的声音问道。老板有些疑惑，不过看着我手指的方向似乎理解了我想要

买的是什么。"哦，你要菠萝啊？"换成我的表情有些不解："不是啊，我要凤梨。"老板笑道："好，你说凤梨就是凤梨，不过在这里叫作菠萝。"忽然发现周围的目光都聚集在我的脸上，感觉刚刚过度自信的自己有点像外星人，于是买完"菠萝"，我就快步的逃离现场……

小 DJ

"欢迎收听今天的粉红色森林……"、"音乐奇葩……"、"我们是快乐的夜光家族……"、"Hito 排行榜……"这些如数家珍的

社团出游

广播片头语，陪伴了我度过无数念书发呆、通勤上学的日子。

总是想象着那些亲近如老友般美好声音的脸孔，幻想着他们的容貌还有广播中的神情。DJ 们到底是胖是瘦？有没有戴眼镜？半夜的广播会不会想睡觉？一边广播有没有一边做其他事？甚至还过分地奢求，如果自己有一天也能够在录音间里娓娓叙说，那该有多好。

这个梦想，竟然在一次误打误撞的比赛中，成真。

大二时，参加了学校的广播台的征选，刚入选，就收到一个由北京团市委指导的"青檬之星"北京市大学生主持人比赛的通知。在一次广播经验都还没有的情况下，我就初生之犊不畏虎地寄去了参赛 Demo。

而我的好运继续了下去，Demo 竟然入选，进入了高手云集的决赛。

比赛当天，不知从何准备起所以完全没有准备的我，面对一个个胸有成竹的播音主持专业的对手，显得十分格格不入。第一轮比赛中，和对手的搭配缺乏默契，没有得到好成绩。就在我准备收拾回家的时候，主办单位告知我要进行 PK，因为和其他两名对手同分，要决定最后一名可以进入下一轮比赛的人选。

我的其他两名对手，都是传媒大学的播音专业高材生，字正腔圆的发音，沉稳的台风，都是我远不能及的。面对他们，我紧张到有些无地自容的程度。

直至再次站上舞台，我们才知道 PK 的题目，是要朗诵著名话剧《恋爱的犀牛》的经典片段。朗诵……我一听到这个题目，心就

电台工作照

凉了半截。虽说我在台湾时曾经参加过演讲比赛，发音也算得上是标准，但自从来到内地以后，我的发音和语调就不断被质疑，总之称不上是标准。所以面对这个题目，真的不觉得会有任何的胜算。刹那之间，紧张感完全消失了，胜负被抛在脑后，我专心读着手中《恋爱的犀牛》的细腻文字，沉浸在情境之中，想用最自然真实的感情在这个舞台上告别。

轮到了我的顺序，"黄昏是我一天之中视力最差的时候……"念着念着，竟然开始哽咽，完全的进入了剧本的情绪中，就在感情正浓烈的时候，评审老师让我停止。

讲评的过程十分漫长，评审老师先是夸了一号选手，再冗长地称许三号选手，对于我的朗诵，没有提及只字词组，我平静地等待最后的评判。

"我想结果应该很明显。"我正准备鼓掌恭喜隔壁同学的时候，评审老师竟然叫出了我的名字。淹没在台下一片欢呼声中，我不敢相信自己的耳朵，向主持人再一次确认，主持人微笑地向我点点头。我就这样幸运地进入了下一个回合。

好运气似乎继续了下去，最后我以和第二名同分的成绩，获得了比赛的第三名，并得到了在"青檬电台"当主持人的机会。

还记得第一次进直播室的时候，如此的接近梦想，真实却又不真实的感觉让我有些手足无措。面对麦克风，无法掩抑的焦虑紧张却不断奔窜，就要将我吞没。纵然有过现场主持的经验，直播室里除了我和搭档以外空无一人，然而这种局促的窘况远远超过台下万头钻动的现场。

因为现场主持可以及时获得观众的反应，无论主持的好坏，至少得以知道自己表现如何，也才能调整接下来的举措和主持方式。但是广播却截然不同，实时播放却无法知道全数听众的反应，更不知道受众群到底来自何方，更为恐慌的是，根本不知道有没有人在收听。多如牛毛的胡思乱想如滚雪球般越滚越大，把我多话的喉舌忽地截断，导播倒数三、二、一，背景音乐响起，轻快的节拍在我的耳中却加大了五倍回音，沉甸甸了无生气，连搭档也看出我呆滞

青檬电台直播中

的神色。

　　"Hey，大家好，我是新人 DJ Sophia，请多多指教。"呼，我做到了，做了自我介绍！对……，自我介绍……。一件再平常不过的小事却让我获得了空前的成就感。直到现在坐在直播间里，虽然已驾轻就熟，但总是会回忆起最初那种兴奋的青涩感觉。

　　在我的北京求学生活中，很重要的一个部分，便是在麦克风前的那些日子。一方面从事自己所热爱的事业，建立了自己的独特风格；另一方面又能够得到听众们和制作群的大力支持与反响，给予我相当大的信心和鼓励。每一次做节目，都是我无限幸福的时光，就如同和好朋友相见一样，温暖而充实。

ㄅㄆㄇ与 bpm

两岸虽然都使用中文，但却有简繁体的区别。除此之外，还有一个很大的不同之处，便是拼音方式的使用。

在台湾，我们从小便学习使用注音符号来标注，而在内地，却是使用汉语拼音。

乍到北京之时，原先并不以为这会成为一个适应问题，因为我能够看懂简体字，所以并没有针对文字问题有所担心。然而，拼音问题却在第一天就成为了我苦恼的主要来源，这个烦恼从何而起？便是手机简讯。

与在学校认识的新朋友互相传简讯时，因为注音符号只能打出繁体字，导致对

装可爱

方难以辨识，甚至出现乱码。于是我尝试转换输入法，试图打出简体字。在我切换到拼音模式时，胡乱点触键盘，啊哈，简体字出现了。兴奋之余，另一个困扰却产生了。虽然说这是可以打出简体字的输入法，但是，到底要怎么打呢？我试图用台湾在译注英文时使用的威玛拼音来打字，然而却有很多字无法顺利拼出。当下，面对着小小的电子产品以及神秘的拼音系统我无计可施，只好先含糊的用英文回复了简讯。

在挫败之下，我开始忖度到底应该如何解决这个问题。一阵了无头绪的混乱之后，我做了一个伟大的决定，或者可以说是愚蠢，哈哈。我开始土法炼钢的一个个拼凑字母，观察它们组合起来的结果，来理出规律和头绪。

20分钟的自闭研究以后，我大概知道了这些规则，在声母的部分，"ㄅ"对应的就是b，而"ㄆ"是p……。韵母部分，"ㄩ"比较特别，研究了比较久，是用v来表示；ng结尾是没有脚的"ㄥ"，有脚的"ㄣ"结尾不加g！

我高兴地从椅子上跳了起来，把旁边的人吓了一大跳，如果不知道我在神情凝重的这段时间到底在做什么，大概都会以为我这个人精神状况不太正常。

于是，我兴奋地实验了我的研究成果，马上传了一条简讯给朋友。果然，她终于顺利地看到了简讯，我成功地把障碍给消除了。当时，有一种自己又多学会了一种语言的错觉。

从一开始发送一条简讯要花五分钟以上时间，并且时常出错，到现在比注音还顺手，我只能说，沟通是学习语言的动机，而环境是能够强迫自己练习的要素，将学习融入日常生活，真的有效多了。

生活在他方

在经济与文化的强劲实力拓展之下，现下的北京，无疑已经成为新的世界辐辏之一。相应的，来自世界各地的商旅和文化传播者也十分频繁，并且为数众多。留学生当然也不在少数，并与年俱增。

北大自然是留学生数量最多的学校之一。在校园中，黑头发黄皮肤的不一定都是中国人，而金发碧眼抑或黝黑皮肤的欧美留学生同样数量可观。

这些来自世界各地的往来者聚居于北京，不仅只是一种现象，更是一种创造，扩及文化，以及生活方式。彼此在时序的推衍之下潜移默化、相互影响，在无形之中，形成一种折中的新价值取向，开始相像。

京味饮食不再只是能在正统餐馆或是街巷小摊中品尝，在意式餐厅里，混血式的北京烤鸭 pizza、羊肉串 pizza 也登堂入室；知名美式餐厅的巨大汉堡，上头插着的旗帜小标语不再是美俚俗谚，而是令有中国经验的外国顾客能够莞尔一笑的"不到长城非好'汉'堡"，"学好'汉堡'语"；外卖菜单上密密麻麻地布满四种

语言，除了基础的中英文，还有韩、日两国语言；泡面上铺上吉士，是被韩国同学影响的新鲜吃法；日式盖饭是最受欢迎的外卖选项……不知不觉中，移入者和所在地都在彼此慢慢地适应和融入对方。文化力，远远大于政治所能及的维度和力量。

在北京我最常被问到的问题，就是"你是哪里人？"只要不是本地口音，都会被问到这个问题。于是大家便会先从为数最多的韩日留学生开始猜起，接着混血，甚至还有人误以为我是欧洲人！实在是有些荒诞谐趣。最初觉得新奇，能够提起兴致对答，然而经过数个三百六十五日的重复，早已令人心生疲乏。虽已无力应答类似一问，但却让我有了更深的思考。凡是离开了自己的国家或地区，

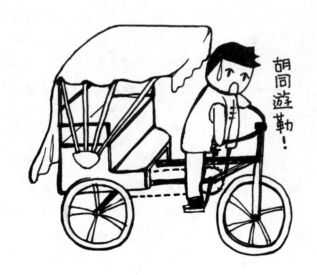

个体就会被扩及至所属族群，自身所沾附的气质习惯会被认作是原乡的标签以及文化的表征。除了自身要有自爱的修养以外，更重要的，便是如何使他人正确和更全面地理解自己的文化。

在我担任北大两岸文化交流协会（暨台湾学生会）会长时，便举办了许多活动和讲座，引领同学们更丰富全面地认识台湾文化，包括偶像剧讲座、台湾流行用语讲座，让同学们不仅得到网络上的信息认知，更能深层地了解台湾文化内涵。

关于"认识"的重要成分，除了倾诉以外，聆听和理解对方也是不可或缺的。生活在他方，除了徜徉于大陆文化之外，对我而言，也是更清楚认知自身的旅程。

陈佳雯

在京城寻一抹绿意

>>

就读于台湾大学生态演化所，为 2011 年秋季北京大学城市与环境学院的交换生。平时喜欢背着背包，在山林与城市间穿梭。喜欢在山林中，感受晨昏夕暮的景色变幻，以及观察花草树木的姿态。也喜欢在城市中，体会人来人往的离散，以及静看暗夜闪烁的点点灯火。因为喜欢"看"，在旅途中，最爱坐在窗边看景物飞掠及光影明灭，并且迷恋于路边及天边倏忽即逝的惊喜。喜欢正面思考，但偶尔会粗心大意。对于环境、社会、教育议题相当敏感，彷佛头脑中有个雷达会自动侦测到这些讯息。

据说，秋天是北京城一年中最宜人且最美丽的季节，而我有幸得以在这美丽的季节抵达。由于曾到过广州参加研讨会，因此这次

在北京大学百年讲堂观看京剧表演，与旦角合影

周末一阵大雨后，隔天，
北京的天空分外清澈，
把握难得的蓝天，到景
山看故宫全景吧

到北京，并没有太多的陌生与惶恐，彷佛只是从一个城市移动到另一个更大的城市。但这城市有些不同，因为在此积淀着丰厚的历史底蕴，对甚爱古老城墙、古老故事、旧式房舍的我而言，在北京念书成了一件迷人的事。

曾在课堂上，听过老师讲述北京城的兴衰。古老的城墙和牌楼早已随着一波波城市发展，消逝于记忆中。每每在一本又一本讲述老京城的书籍中，读到梁思成等人提出保护旧城墙的故事，总会不忍卒读，只得合上书本再一次喟叹，曾让马可波罗惊艳的中世纪中国古城，仅留下完好的紫禁城，其余平民百姓的民居只剩零星身影散落在高楼大厦中。尔后，为了一探历史文化变迁的故事，与同学们一起探访南锣鼓巷，以此做为学期报告的主题。如今的南锣鼓巷已成为文化创意产业小店的聚集地，而原来的住民有些早已迁居，有些则在半掩的木制门扉上贴着"禁止打扰"的字样。在人来车往的青砖道上，北京的市树——国槐站在胡同两侧，伸展着枝叶，豆科的羽状复叶，在微风中，筛落一地秋阳斑斓，静看人物景物递嬗。

罗丹说："生活中不是缺少美，而是缺少发现美的双眼。"

对镜自拍，总有弦外之音

在清华校园里寻觅绿色生机，也结识了来自北京林业大学的女孩们

"十一"长假，来到凤凰岭走走。意外地避开了人潮，偷得浮生半日闲

北京初雪，静园草地一夕白了头

  犹记开学初入燕园，总不会经意寻找身边的绿意。曾徒步经过逸夫楼前的草地，偶一瞥见绿草地上立着"爱护花草"的叮咛字句，不禁会心一笑，只因字里行间包裹着对生命的尊重与关爱。

  也曾在朗润园里，仰头望着法国梧桐的身影，细细端详，只因这是在台湾不曾见过的北方树木；当秋冬来临，粗锯齿缘的掌状叶静静躺在地上，经过时，总忍不住俯身捡拾，拾回屋里，压在书页中以兹纪念。也曾因看见连翘或是金银花结了熟透的果实而微笑，或是在清华园里无意间寻得成排的山楂树，看那逐渐泛

在那个安静的午后，我们与来自玉树的小女孩们相遇

黄的叶子，小巧地在风中颤颤。偶尔漫步在树荫下，瞥见喜鹊与灰喜鹊的踪影，时而隐掩，时而现身，心里总会一阵欣喜。

　　秋日，城中最耀眼的主角，当属古老的孑遗植物——银杏，金黄色的扇型小叶将街道妆点得发光，令游人一再驻足观看与拍照，而树林中，带着红叶的黄栌，则是秋日山景最令人沉醉的一抹绚烂。

　　尽管仔细品味生活后，总能在身旁找寻到自然带来的生机，但当城市繁华加快了脚步的节奏，匆忙、疾行的步调留不住春去秋来，于我仍有些失落。红底白字的"建设生态文明城市"高悬在桥边或是陆桥上，每当诸如此类的字句赫然出现在眼前，心头总会一震，随即悬在心上久久难以释怀。

　　在重大的城市规划方针中，在字里行间强调了生态的重要性，但在规划细节或是执行过程中，却不得其内涵。至多，针对硬件设施进行改善，逐渐朝向环保节能或绿建筑的方向前行。这无疑是一大进展与革新，但却没有人问，在规划的项目中，是否考虑过鸟儿停栖场所与移动的廊道何在？或是，河里的鱼虾到哪儿去了？那些应该同树木与水流共生息的生物，为何不见踪迹？此外，生态也着重人与环境间的互动，一旦建设方向过于着重硬件设施的进步，遗

短暂的交换生岁月中，与你们相识，何其有幸

虽然怀着不同的想法
来到北京，但我们一
群台湾女生们同在前
门大街上驻足、欢笑

忘了增加人与土地接触的经验，缺乏生态美学的培养，亦即忽略人
与大自然互动时所产生的最纯粹的乐趣与满足感，则在精神层面上
可能恍若失了根的植物，使得生活在城市紧张氛围里的人，终将难
以摆脱心灵的压迫与桎梏。

　　所幸，北京城中还散落着大小不一的绿地公园，在城市周边也
有可供健行散步的郊山。尽管这些自然资源或是健行景点，缓解不
了这座国际大城市的拥挤，但仍能适时舒缓紧凑步调。然而，在内

心深处仍有最殷切的期盼。希望有朝一日，在北京活动与移动的人群，不需完全投身到山林间才能呼吸到干净的空气、听闻鸟语啁啾，而是只要在居住的地方或是工作的场所，缓一缓脚步，就能发现生意盎然的美，并且畅快吐纳。如此，才是一座有呼吸的城市。

黄薏文

和未知相遇

》

台湾大学哲学学士、硕士。现以台湾大学哲学系博士生的身份，作为北京大学交换生。1994 年开始，陆续到过甘肃、云南、西安、大连、天津、山东等省市。2010 年的秋天才与北京相遇，却在不到一年的时间里踏上北京三次。喜欢自助旅行、享受美食、观察和思考，爱北京的深秋。

2011 年 9 月 5 日一大早，我推着第一次上战场的二十七寸银色行李箱，以及装满鞋子的 time 杂志旅行袋，感觉很不真实地迈

北大山鹰社迎新活动——我是女生攻顶第四名

北京郊区一日游后的美味晚餐

向未来在北京的四个月交换生活。

　　这是一个和我从小生长环境很不一样的地方。无论是气候条件，还是城市气氛。北京的天空总是灰蒙蒙的，整个城市被灰纱罩住，只有雨水才能揭开它。在台北，我们总是抱怨湿嗒嗒的天气；在北京，一旦下起雨就让人期待：隔天能见到又高又蓝的天，以及脸蛋干干净净的北京城。喉咙经常又痛又哑，一直以为自己感冒了，但这都只是因为气候太过干燥而已！北京四季分明，从植物的变化就可以得知。在夏末，我见到绿油油的山、七彩斑斓的花景；

在深秋，金黄色的银杏在阳光下闪闪发亮、美丽的干枯刺破画布，仿佛在跟谁控诉着什么。这些自然的变化，让我就算是没有目的地走着，只要轻轻仰起头闭上眼微笑，用身体和心去感受，一个转角、一条小径、一个驻足，都能有满满的收获带进回忆里。

唱歌去

在北京生活，我感到很自在。早餐吃的是吐司，走出阳台拿昨天冰的酸奶，用身体感受今天的气温。骑自行车穿过林荫大道去西苑早市，买回苹果、石榴、猕猴桃，接着上淘宝察看雪地靴，在卓越下载《步步惊心》小说。带着脸盆去盥洗室洗衣服，晾完后，坐回书桌写着自制的明信片。收到简讯去学校南门取包裹，顺便将热水瓶带出放在开水房外。午餐选四元一碗的刀削面，糖葫芦是饭后甜点。蹲着跟猫咪玩，去邮局寄银杏叶。穿上在西单买的美特斯·邦威羊毛外套，花一小时搭地铁，走到烟袋斜街刻印章，排队等鼓楼麻花。回到北大东门闻着糖炒栗子香，赶在十点半前冲回寝室楼里洗澡。握着瓦数不能超过五百的吹风机，望着室友喝的珍珠奶茶，对着多乐之日

出发去泰山

大家一起品尝地道的云南菜

交换生们在山东的自助旅行

进西安世界园艺博览会之前

两岸大交流——你我共参与，我与搭档林佩佩

甜甜圈惊乎。偷偷计划明天搭公交车去五道口足疗，并且奢侈地吃一次 Bros 巧克力蛋糕。一边想着为什么楼长从未忘记熄灯，一边借着透入房中的走廊灯光，用飞信聊天，收到打三国杀的邀约。睡前在提醒自己校园卡该充值了，却梦见突然回到了台湾，心里惋惜着太早离开北京……

因为我知道，这些事我在台湾不会去做，甚至不再有机会能去做。

交换生活其实很短暂，再加上为了把握在大陆的难得机会，我经常往各地跑。两个月内走过了山东、西安、天津、四川，虽然放弃了踏上南京与苏杭的机会，却即将在寒冬造访东北。因此，极有可能还没脱离北京新人的角色，就要向这个城市告别。但是，北京大学已经在我旅行踏上归途时，给了我回家的感觉。当走进北大 36 号楼，打开四层的门见到 499 室，我渴望那个房间给我的归属感。

在北京遇见人生的第一群室友，大概也会是最后一群。走进 449 室，门上贴满了我们想推荐给彼此的种种资讯，房间里有着专属于女孩房间的甜香，那是蜜雪儿的 Victoria's Secret；然后，挂在我衣柜的门上，是毛毛在这里买的第三台吹风机。台湾的凤梨酥、陕西的猕猴桃、天津的麻花、成都的张飞牛肉、内蒙的奶茶都

亲们

去全聚德"朝圣"

卧铺初体验——西安行

曾造访我们的寝室。我们喝着一起打回来的水，吃着书桌上诞生的自制酸奶，听着对方喜爱的歌，拥有同一款猫咪粉红袜，擦着同一个牌子的乳液。早晨分享手机的闹钟声，夜晚一起在黑暗中亮着电脑。当然，最让人期待的是推开门那瞬间，环绕在耳边的一声声"你回来啦！"谢谢你们在我的北京岁月中，抹上了最美好的颜色。我是一个话很多的菜鸟室友，躺在床上说到凌晨三点的那次，还有叽叽喳喳的每一次，都忘了跟你们说我真的觉得很幸福。我想说：嘿！知道吗？在北京遇见你们，是我交换生活中，最温暖的时刻。我知道天下没有不散的筵席，但是亲爱的室友们，我是真的好

我在北京最爱的布丁雪糕

我与我的行李们

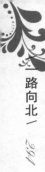

我与北大马克思学院的赵玉娴

我与北大哲学博士生王玲

在西安交通大学

宵夜是方便面与烤馒头片

想拒绝 449 室散会的那天。

　　朋友形容我是具有冒险精神但是向往安稳生活的人。待在台大哲学系八年，搭火车上学十二年，和莺歌小镇一起成长变化二十六年。台湾女性的平均寿命是 82.7 岁，我已经走了将近三分之一的人生，却从未离开家独自生活。去年入冬，我自己打破了原本的安稳，冒险精神泛滥；今年夏末，第三度踏上北京，和未知相遇。与公共澡堂、暖气片、卧铺、室友、热水瓶、熄灯规定，做了好多次的亲密接触。然后，在这个逐渐熟悉又依然陌生的环境里，遇见各式各样的人、欣赏姿态万千的风景、品尝酸甜苦辣的滋味，写下百

圆明园的迷宫

西安世园会　　　　　　　　午餐

感交集的心情。交换生活还没结束，我仍然期待并且充满自信，因
为这场相遇已经让我留下了快乐而充实的足迹。

后　记

　　雨夜，我守在桌边，整理着这些女生的书稿和照片，为这本书的出版做着最后的冲刺。虽然这里是北京，却似乎因为窗外迷蒙的雨，整个世界都显得恍惚起来，让我忘记置身何处，只把自己沉浸在这些台湾女生的文字中，对应着她们那一张张或灿烂或温暖的照片，脑海里尽是她们的故事、她们的心情……

　　这些来自台湾的女生，现在同为北京大学的学生，然而，各自在京生活的时间不尽相同，有本科生、硕士生、博士生，有的仍在求学进程中，有的即将迎接北大的毕业典礼。她们在紧张繁忙的学习之余，还活跃地参与着各种活动和工作。作为来自宝岛台湾的女生，她们的身上彰显着两岸文化交融的气质，虽然性格各异，喜好也不尽相同，但都一样有着对两岸明天的美好期待和深入理解。

　　爱漂亮、爱旅行，有梦想、敢追寻，不断行走、不停感知，一路上，她们对北京、对台湾，都有了独到的理解，乃至更加深刻的体会。她们用自己的视角，看到了古老与新生、传承与发展，那种血脉相连、相依相成的感受，也许连在北京土生土长的人们都未曾完全体会，也许同样地体会到了，却没有静下心来，细细咂摸。而她们，用自己的表达方式，将这些感受讲给大家，却是一番别样的感觉。人们常说"熟悉的地方没有风景"，当然，我们更知道"世界上不是缺少美，而是缺少发现美的眼睛"，跳脱出一个环境，再重新回望，重新反思，看北京、看台湾——这些台湾女生给了我们一个这样的契机。

　　一段时光，满满的记忆，
　　在台湾，
　　在北京，
　　原来你也在这里，
　　……

编者
2012 年 6 月

图书在版编目（CIP）数据

一路向北：台湾女生的北大私房笔记 / 龙怡著. -- 北京：华艺出版社，2012.11

IISBN 978-7-80252-403-3

Ⅰ.①一. Ⅱ.①龙. Ⅲ.①随笔－作品集－中国－当代
Ⅳ.①I267.1

中国版本图书馆 CIP 数据核字（2012）第 262338 号

一路向北：台湾女生的北大私房笔记

主　　编：	龙　怡	
选题策划：	刘　泰　郑治清	
责任编辑：	金书艺	
装帧设计：	王　烨	
出版发行：	华艺出版社	
社　　址：	北京市海淀区北四环中路 229 号海泰大厦 10 层	
电　　话：	010-82885151	
邮　　编：	100083	
电子信箱：	huayip@vip.sina.com	
网　　站：	www.huayicbs.com	
印　　刷：	北京天正元印刷有限公司	
开　　本：	1/20	
字　　数：	150 千字	
印　　张：	15.4	
版　　次：	2012 年 12 月第 1 版第 1 次印刷	
书　　号：	ISBN 978-7-80252-403-3	
定　　价：	52.00 元